밤의   독백

밤의   독백

서경희
소설집

문학정원

차례

달의 마중

앙상하고 긴 손가락을 가진 여자가 원 플러스 원 행사 중인 딸기우유 두 개를 계산대에 올려놓았다.

"까뜨린느?"

여자가 나를 불렀다. 고개를 드니 쇼트커트를 한 여자가 배시시 웃고 있었다. 시나리오를 사고 싶다고 연락해온 사막여우였다. 지금껏 작가 얼굴을 보겠다고 찾아온 사람은 없었다. 단편 시나리오는 주로 학생들이 과제로 제출하려고 샀기 때문에 구매자들은 얼굴은커녕 실명을 밝히기도 꺼렸다. 사막여우는 달랐다. 작년에 사들인 시나리오로 찍은 영화가 영화제에서 상을 받았기 때문일 것이다.

"시나리오 팔 거죠?"

사막여우가 계산대에 바싹 달라붙었다. 나는 입을 꾹 닫고 느긋한 척했다. 눈을 내리깔고 사막여우의 손을 훔쳐봤다. 네일아트를 화려하게 한 손톱은 미러볼 조명을 받은 것처럼 반짝거렸고, 가운뎃손가락엔 팥알만 한 진주반지를 끼고 있었다. 나는 흉측하게 변해버린 내 오른손을 슬그머니 계산대 아래로 내렸다. 어렸을 때 화상 사고를 당해 엄지를 제외한 손톱이 전부 녹아버렸다. 운 좋게 절반이 남은 엄지손톱은 하얗게 반달 모양을 하고 있었다.

"돈이 적어서 그래요?"

"이번 건 제가 찍을 생각으로 쓰는 거라서요."

시나리오를 팔기 힘들다는 듯이 말하면서도 여지는 남기느라 말끝을 흐렸다. 사막여우는 난감한 표정을 지었다. 나는 터져 나오는 웃음을 참느라 콧구멍을 실룩거렸다. 이쯤 되면 칼자루가 나한테 넘어온 셈이다.

미친 듯이 시나리오를 써왔다. 시나리오를 팔아서 모은 돈으로 영화제에 출품할 영화를 찍고 싶어서였다. 수상까지 한다면 큰 경력이 될 것이고 감독으로 데뷔할 가능성도 그만큼 커졌다. 단편 시나리오는 못해도 한 달에 한 편은 썼다. 그런데 무슨 이유인지 요즘은 아무것도 써지지 않았다. 사막여우한테 팔 시나리오는 처음부터 없었다.

사막여우는 골이 난 표정으로 가만히 서 있었다. 어떻게 하면 내 마음을 돌릴 수 있을까, 궁리하는 듯했다. 사막여우가 다시 까뜨린느, 라고 부르는데 손님들이 들이닥쳤다. 편의점 안이 갑자기 소란해졌다. 나도 덩달아 분주하게 몸을 놀렸다. 바코드를 찍고 돈을 받고 거스름돈을 내주고 카드 결제를 했다. 담배를 팔고 교통카드를 충전하고 덴마크 요구르트는 원 플러스 원 상품에서 제외된다고 말했다. 손님들이 한바탕 휘몰아친 뒤에야 편의점 안은 다시 조용해졌다. 다음 지하철이 도착할 때까지는 한가할 터였다. 나는 사막여우가 건네준 딸기우유를 쭉쭉 빨았다.

"100만 원 드릴게요. 생각해보고 연락 주세요."

사막여우는 마치 아침 드라마에나 나올 법한 대사를 던지고 돌아섰다. 나는 막장 드라마의 악녀처럼 머리를 굴렸다. 5분에서 15분 사이의 단편 시나리오는 딱히 정해진 가격이 없었다. 저번에는 10만 원을 받았다. 그 돈으로 무얼 했는지 기억나지 않았다. 핸드폰 요금을 냈는지 쌀을 사는 데 보탰는지. 교통카드를 충전하느라 없애버렸는지도 모른다. 돈을 어디에 썼는지는 중요하지 않았다. 내가 단돈 10만 원에 꿈을 팔아먹었다는 것이 아팠다. 그때 팔았던 시나리오는 성형 중독 여자가 연이은 성형수술로 인해 예전의 얼굴로 되돌아가는 이야기였다. 사막여우는 그 시나리오로 단편영화제에서 은상을 받았다고 사흘 전 메일로 알려왔다. 시나리오도 없고 써줄 마음은 더 없으면서 사막여우를 편의점으로 부른 건 따지고 싶었기 때문이다. 그 좋은 시나리오로 고작 은상밖에 못 받았냐고. 하지만 나는 그럴 용기도 없었다.

사막여우의 수상 소식을 듣고 다시는 시나리오를 팔지 않겠노라고 다짐했다. 하지만 100만 원은 편의 점 한 달 알바비와 맞먹었다. 등록금의 5분의 1이고 단편영화 제작비의 10퍼센트였다. 결심이 흔들렸다. 갑자기 좋은 생각이 떠올랐다. 내 이름을 작가로 올려달라고 요구하는 것이다. 작가로 입봉도 하고 제작 비도 벌 수 있는 완벽한 시나리오였다.

선우한테 카톡이 왔다.

-왔다 갔어?

-응. 저녁에 만나. 할 얘기가 있어.

점장이 몰래 옆구리를 꼬집었다. 아야, 소리가 저 절로 튀어나왔다. 점장은 심심하면 내 옆구리를 꼬집 었다. 점장의 손이 옆구리에 닿을 때마다 징그러워 서 온몸에 소름이 돋았다. 화가 나도 참았다. 오랫동 안 일했던 편의점이 폐점했다. 경기가 나빠져 일자리 를 찾기가 어려웠다. 어쩔 수 없이 버스로 한 시간 거 리인 이곳으로 옮긴 지 아직 한 달이 안 됐다. 손님이 계산대 앞에 서서 껌을 고르자 점장은 슬쩍 자리를 피했다. 열차가 플랫폼으로 들어왔다. 편의점 전체가 흔들렸다.

"황진미, 처음부터 끝까지 기울여서 찍는 영화가 어딨니? 오블리크 앵글 함부로 쓰는 거 아니라고 했잖아. 이따위로 할 거면 영화 때려치워. 집안도 어렵다면서 일찌감치 정신 차리고 돈이나 벌어."

대학에 들어가 처음으로 찍은 1분짜리 영상을 본 교수의 평가였다. 요즘도 가끔 그때를 떠올릴 때가 있다. 독설을 퍼붓던 교수의 입꼬리에 번진 립스틱, 멀겋게 나를 쳐다보던 동기들의 눈빛, 울지 않으려 교수의 입술에서 눈을 떼지 않고 이를 악물던 나. 그 풍경은 초현실주의 그림처럼 기묘하다.

무거운 카메라를 메고 촬영하는 게 힘에 부쳤다. 손이 무뎌서 카메라가 자주 흔들렸고 그때마다 피사체를 놓쳤다. 고온에 일그러진 플라스틱처럼 기형이 되어버린 손으로 섬세한 촬영을 하기란 불가능했다. 학기가 끝나도록 영상은 좋아지지 않았고 촬영기초 과목에서 겨우 낙제를 면했다. 입학금을 모으느라 남들보다 3년이나 늦게 신입생이 된 나로서는 아쉬운 학점이었다. 그 후 학비 문제로 휴학과 복학을 반복하다 학교에서 제적당했다.

영화는 꾸준히 찍어왔다. 스마트폰이 있어서 가능했다. 나는 가운뎃손가락에 굳은살이 박이도록 콘티를 그렸다. 콘티에서 인물의 미세한 움직임도 놓치지 않으려고 노력했다. 둔한 손을 그렇게라도 상쇄하고 싶었다.

나는 버섯 같은 사람이고 싶었다. 밟히고 또 밟혀도 비 한 번 내리고 나면 다시 자라는 끈질긴 생명력을 지닌 버섯. 살기 위해 화려해지고 자신을 지키기 위해 남을 죽일 수도 있는 독버섯. 언젠가는 세상을 놀라게 할 엄청난 영화를 찍고 싶었다. 그때가 되면 교수는 자기 눈이 틀렸다는 걸 인정할 수밖에 없을 것이다.

현실이 힘들어 영화를 포기하고 싶을 때면 중학생 시절을 떠올렸다. 초등학교 졸업을 얼마 남기지 않고 우리 가족은 반지하 단칸방으로 이사했다. 이상의 소설처럼 단칸방을 커튼으로 둘로 나누어 썼다. 그 시절, 화상 사고를 당했다. 나는 등교를 거부하고 담요를 뒤집어쓴 채 온종일 음악만 들었다. 아버지가 비디오테이프가 들어 있는 신라면 상자 대여섯 개를 들고 돌아왔다. 폐업하는 비디오 가게에서 팔다 남은 것을 얻어 왔다고 했다. 우리 가족은 오랜만에 모여 앉아 까뜨린느 드뇌부 주연의 〈쉘부르의 우산〉을 보았다. 처음부터 끝까지 노래로만 이루어진 뮤지컬 영화였다. 황홀할 만큼 근사한 손가락을 가진 여주인공이 장면이 바뀔 때마다 온갖 예쁜 옷을 입고 나왔다. 가늘고 긴 손가락을 가진 여자들만이 소화할 수 있는, 나 같은 건 죽을 때까지 입지 못할 옷들이었다. 학교만 갔다 오면 몇 편을 보든 상관하지 않으마, 아버지가 말했다. 그날부터 영화는 내 삶의 전부가 되었다.

스마트폰을 통해 보는 명동의 뒷골목은 필름누아르의 한 장면 같았다. 핸드폰 케이스를 파는 노점상의 청년과 시선이 마주쳤다. 그 청년은 등에 문신을 한 킬러일지도 모른다. 바스락거리는 소리를 듣고 스마트폰을 돌렸다. 길고양이 한 마리가 음식물 쓰레기를 헤집고 있었다. 고양이한테 천천히 다가갔다. 고양이가 점점 커지더니 어느 순간 마술처럼 화면에서 사라졌다. 쓰레기봉투에서 흘러나온 국물이 바닥에 흥건했다. 몸을 숙이고 화면을 클로즈업했다. 국물은 검붉은색이었다. 터질 것처럼 부푼 봉투 속에 든 것이 정말 음식물 쓰레기일까? 웅성대는 소리를 따라갔더니 수십 켤레의 신발이 어지럽게 잡혔다. 나는 로우앵글로 바꿔 관광객의 뒤를 따라갔다. 스마트폰이 심하게 흔들려서 범죄물의 추격 신을 찍는 듯했다. 관광객들은 도시를 장악하려는 좀비가 아닐까,

혼자 상상하며 그들이 전부 화장품 가게 안으로 사라질 때까지 촬영을 멈추지 않았다.

작은 화면을 통해 세상을 보게 된 건 스마트폰으로 영화를 찍기 시작하면서부터였다. 스마트폰은 내게 안경이었다. 이제는 스마트폰을 통하지 않고는 세상을 똑바로 볼 수 없었다. 화면을 보고 걷다가 사연이 있을 것 같은 사람을 만나면 무턱대고 따라갔다. 놓치지 않으려 뛰다가 턱에 걸려 넘어지기도 했고, 쫓는 사람만 보고 걷다 교통사고가 날 뻔한 적도 있었다. 스마트폰을 통해 세상을 보면서 한 가지 사실을 배웠다. 스마트폰이란 필터를 거치면 사물의 의미가 달라진다는 것. 아무리 평범한 연필이라도 영상에 잡히는 순간 화가의 정체성이 된다. 울퉁불퉁하게 깎은 연필 한 자루가 있다. 연필심은 뭉툭하니 끝이 거의 보이지 않고 이빨 자국이 가득하다. 이런 모양의 연필은 화가의 망가진 손과 불안한 심리를 표현했다.

발뒤꿈치가 쓰라렸다. 세일 때 산 작은 운동화가 문제였다. 골목 한 귀퉁이에 서서 신발을 벗었다. 물집이 터지고 피까지 났다. 나는 다양한 각도에서 상처를 촬영했다. 거리를 걷던 사람들이 이상한 눈으로 쳐다봤다. 나는 대충 피를 닦고 운동화를 구겨 신었다. 선우가 이쪽으로 걸어오는 게 보였다.

나는 대뜸 스마트폰을 선우의 얼굴에 들이댔다.

선우는 귀찮다는 듯이 스마트폰을 밀어냈다. 지나가던 사람들이 선우를 힐끗힐끗 쳐다보았다. 선우의 얼굴은 만화에서 튀어나온 듯 해사하고 귀여웠다. 선우를 주인공으로 로맨스 영화를 찍어 스마트폰 영화제에 출품하려고 한 적이 있었다. 촬영 날 선우가 잠적하는 바람에 영화는 엎어졌고 꼬박 1년을 모은 돈만 날렸다. 선우는 내성적인 데다 낯을 심하게 가렸다. 은둔형 외톨이라 해도 틀린 말이 아니었다. 그런 애를 데리고 영화를 찍을 생각을 한 내 잘못이 가장 컸다.

초등학교 입학식에서 선우를 처음 만났다. 겁먹은 얼굴로 할머니 뒤에 숨던 키 작은 아이. 선우는 말수가 적긴 했지만 친한 친구들 사이에선 명랑한 아이였다. 그림을 잘 그려서 내가 좋아하던 애니메이션의 주인공을 그려주기도 했다. 그런 선우가 왜 따돌림을 받아야 했는지 모르겠다. 그 시절 친구들을 찾아서 물어보면 알 수 있을까? 어떤 일들은 이유 없이 일어나기도 했다.

선우는 편의점 앞에 멈춰 서더니 빈 손바닥을 보여주었다. 마술사처럼 주먹을 이리저리 돌리다가 손가락을 한 개씩 펴더니 마지막 엄지손가락을 펴는 것과 동시에 팔을 크게 흔들었다. 거짓말처럼 선우의 손에서 티아라 모양의 금목걸이가 나왔다. 나는 선물

달의 마중

이라고 건네는 목걸이를 거절하고 편의점으로 들어갔다.

편의점 주인이 자신의 가게에서 도둑질하는 시나리오를 쓴 적이 있었다. 선우의 이야기였다. 선우는 어려서부터 할머니의 구멍가게에서 물건을 훔쳤다. 할머니가 돌아가시고 구멍가게를 물려받은 후에도 도둑질을 멈추지 않았다.

네 가겐데 왜 도둑질을 해?

이 세상에 내 게 어딨냐.

컵라면을 고르고 있는데 선우가 들어왔다. 선우는 내 가방에다 슬쩍 목걸이를 집어넣었다. 나는 못 본 척 컵라면을 집어 들고 냉장고로 향했다.

집에서 전화가 왔다. 엄마는 누구하고 있냐고 캐물었다. 엄마 옆에서 수화기에 귀를 대고 있을 아버지가 그려졌다. 나는 늦지 않게 들어가겠다는 말로 엄마를 안심시킨 후에야 전화를 끊을 수 있었다.

선우가 카톡을 보내왔다.

-어머니?

"응."

나는 말로 대답했다. 또 카톡이 왔다.

-나랑 있어서 어머니 화나셨어?

선우는 같이 있어도 카톡을 보내는 특이한 버릇이 있었다.

"말로 해. 같이 있는데 왜 자꾸 톡을 보내."

나는 라면을 씹다 말고 화를 냈다.

-말은 거짓말을 하지만 글은 거짓말 못 하잖아.

카톡 알림이 듣기 싫어서 진동으로 바꿨다.

"글이 거짓말을 못 한다고? 글로 사기 치는 사람이 얼마나 많은데."

드르륵, 드르륵, 드르륵. 진동이 세 번 연속으로 울렸다.

-카톡으로 대화를 하면 오해가 안 생겨. 카톡엔 표정과 억양이 없잖아. 난 카톡으로 얘기할 때만 진심이 느껴져.

나는 헛소리, 라고 중얼거렸다.

-아버지 생일에 뭐 했어?

"삼겹살 구워 먹을 거랬잖아."

-맛있었어?

그날은 아르바이트를 마치고 시장을 봐서 바로 집에 들어갔다. 엘리베이터에서 내리는데 웃고 떠드는 소리가 복도까지 흘러나왔다. 웃음소리가 밖으로 새어 나오는 집은 우리 집뿐이었다. 아파트는 종말 이후에 버려진 도시처럼 조용하거나 영화 속의 고담시처럼 온갖 범죄의 파열음으로 시끄러웠다. 부모와 자식이 싸우고 이웃이 치고받고 경찰과 범죄자가 숨바꼭질하는 이곳에서 우리 가족만이 웃음소리를 냈다.

나는 더러운 임대 아파트에서 들려오는 백치 같은 웃음소리가 싫었다. 그래서 코미디 영화를 보면서도 웃지 않았다.

고기는?

현관문을 들어서는데 엄마의 목소리가 들렸다. 상추를 씻는 엄마의 등이 보였다. 가스레인지에서는 된장찌개가 끓고 있었다.

술 사 왔지?

아버지가 고개를 내밀었다. 이웃 할머니들이 죄다 모여 있었다. 상추를 내오던 엄마가 내 소매를 잡더니 앉으라고 했다. 나는 케이크 상자만 주고 방으로 들어갔다.

진미야, 고기 먹어야지.

아빠의 목소리가 방까지 따라 들어왔다. 엄마는 방문이 잠긴 걸 알고 조용히 물러났다. 할머니들이 한껏 목소리를 줄여서 내 이야기를 해댔다.

손이 아직 덜 나았나?

영영 못 고친다잖아.

나는 나를 너무나 잘 아는 이웃들이 끔찍했다.

생일 때 있었던 일을 말하기 싫어서 사막여우 이야기를 꺼냈다.

"100만 원 주겠대."

라면 국물을 마시던 선우가 의아한 표정을 지었다.

-그렇게나 많이?

"얘깃거리가 필요해."

-뭐 해줄 건데?

나는 선우한테 백번쯤 했던 약속을 다시 했다.

"내가 천만 감독이 되면 우리나라에서 제일 큰 쇼핑센터를 지어줄게. 할머니의 구멍가게랑은 비교도 안 되게 클 거야. 거기서 마음껏 훔쳐."

천만 감독이 된다고 해도 그만큼의 돈을 벌지 못한다는 건 둘 다 알고 있었다. 내 입봉 자체가 기적이라는 것 또한. 선우와 나는 그냥 무대 위의 광대처럼 주어진 대사를 주고받을 뿐이었다. 스마트폰이 요란하게 떨렸다. 좋아. 생각해볼게, 라는 카톡이 이모티콘과 함께 왔다.

집 안은 조용했다. 아버지가 코 고는 소리가 방문 너머에서 규칙적으로 들려왔다. 나는 복도가 보이는 관처럼 길쭉한 내 방으로 들어갔다. 거리를 촬영한 동영상을 터치했다. 갓 잡아 올린 빙어처럼 생기 가득한 영상이 재생되었다. 나는 인디밴드의 보컬이 되었다가 벽화를 그리는 미대생이 되기도 했고, 테라스가 예쁜 카페의 사장이었다가 쇼윈도에 걸린 세련된 정장을 입은 커리어 우먼으로 변신했다. 하나같이 사랑스러운 캐릭터였다. 영화는 영원히 깨고 싶지 않은 꿈이었다.

노트북을 켜고 부팅되는 동안 창작 노트를 뒤적였다. 별것 없었다. 쓸 만한 건 오래전에 시나리오가 되어 팔려나갔다. 소재 빈곤에 시달리면서 가족의 이야기까지 아무렇지 않게 훔쳐다 썼다. 〈행복한 우리 집〉은 아버지를 모티브로 해서 쓴 시나리오였다.

한과 공장이 부도 나자 아버지는 유과를 집에서 직접 만들어 노점에 내다 팔았다. 웰빙 트렌드와 맞물리면서 벌이는 나쁘지 않았다. 대신 비좁은 단칸방에서 튀밥과 전쟁을 벌여야 했다. 아무리 청소를 해도 튀밥은 쉽게 사라지지 않고 여기저기에서 튀어나왔다. 교복 주머니, 이불 밑, 교과서 사이에 숨어 있다가 불시에 떨어졌다. 그날 아침 나는 짜증이 났다. 아버지는 새벽부터 유과를 만든다고 좁은 방을 어질러놓았고 엄마는 먹기 싫다는 아침밥을 강요했다. 교복 블라우스는 다림질이 되어 있지 않았고 앞머리는 드라이가 안 먹었다. 학교에 가려는데 책가방에 튀밥이 붙어서 떨어지지 않았다. 책가방을 흔들어도 튀밥은 떨어지지 않았다. 손으로 떼어내자 손가락에 옮겨 붙었다. 검지에 붙었던 튀밥이 약지로 중지로 다시 검지로 옮겨 다녔다. 튀밥을 떨어뜨리려고 신경질적으로 손을 흔들다가 스타킹을 신은 발이 미끄러졌다. 나는 조청을 끓이고 있던 전기밥솥을 짚고 넘어졌다.

손가락이 조청과 함께 녹아내렸다. 아버지는 경비, 막노동, 공공근로 등 닥치는 대로 일했다. 하지만 화상 치료비를 대기에는 턱없이 부족했다. 제목과 달리 결말은 비극이었다.

나는 눈을 부릅뜨고 모니터를 쳐다보았다. 소재는 쉽사리 떠오르지 않았다. 잡생각이 토네이도를 타고 머릿속을 날아다녔다. 모니터에서 껌벅거리는 커서가 다른 세계에서 보내 오는 조난신호 같았다. 사막여우한테 내 이름을 작가에 올려달라고 메시지를 보냈다. 사막여우는 단호하게 안 된다고 했다. 나는 심한 모욕을 받은 것처럼 얼굴이 화끈거렸다.

가족을 위해 대학을 중도에 포기했다. 영화 찍는 것도 번번이 미뤘다. 이젠 가족이 어떻게 되든 상관하고 싶지 않았다. 전기가 끊기면 일찍 자고 물이 끊기면 안 씻고 쌀이 떨어지면 굶으면 될 일이다. 앞으로는 나만을 위해서 살겠다. 나는 독버섯이니까. 새 폴더를 만들고 폴더명을 독버섯으로 정했다.

오디션 자료를 꺼냈다. 배우 모집 공고를 통해 모은 자료였다. 영화 찍을 때를 대비해서 모았는데 엉뚱하게 시나리오를 쓰는 데 쓰였다. 프로필을 보면 한 사람의 인생이 어느 정도 드러났다. 거기에 상상력을 보태면 그럴듯한 시나리오가 완성되었다. 프로필을 천천히 살펴보았다. 쓸 만한 프로필은 남아 있지 않았다.

또다시 배우 모집 공고를 냈다. 제목이 없으면 안 되겠기에 생각 끝에 우산 가게, 라고 적었다. 제작을 적는 칸에는 개인 단편, 감독은 김선우, 캐스팅 담당 자에는 내 이름을 썼다. 극중 배역은 떠오르는 남녀 이름을 두 개씩 적었다. 시놉시스는 보안상 생략이라 고 적고 특이사항에 이번 영화의 목적은 국제단편영 화제 출품입니다, 라고 썼다. 촬영 날짜와 출연료는 다 추후 협의로 했다. 몇 명이나 지원할지 모르겠다. 얘깃거리가 풍부한 사람 서너 명만 지원해도 목적은 달성한 셈이었다.

다음 주까지 시나리오를 넘기는 조건으로 200을 주겠다는 메시지를 사막여우가 보내왔다. 자몽을 베 어 문 것처럼 침이 고였다. 영화를 찍으려면 돈이 필 요했다. 현실적으로 집에 생활비를 전혀 보태지 않을 수는 없었다. 조금 전의 결심이 무색했다. 200만 원 에 이렇듯 쉽게 무너지는 마음이 얄궂었다.

골치가 지끈거려서 복도에 나왔다. 새벽은 공포 영화에서 살인마가 나오기 직전의 침묵을 닮았다. 대 충 구색이나 맞춰 써주려고 했는데 그것도 쉽지 않 았다. 시나리오를 쓴다는 건 혼자서 권투시합을 하는 것과 비슷했다. 허공을 향해 진이 빠지도록 주먹질을 해대다가 나가떨어지는 과정이었다. 이번이 마지막이다. 더는 남의 인생을 훔쳐다 쓴 시나리오를 파는 일은 없을 것이다.

선우한테 카톡을 보냈다.

-자?

답이 없었다. 스마트폰으로 하늘을 찍었다. 아무리 줌을 당겨도 별이 잡히지 않았다. 카메라를 아래로 향했다. 가로등 불빛, 자동차 전조등, 불 켜진 집에서 새어 나오는 빛으로 아파트가 환하게 빛났다. 도시가 잠들지 못하는 게 싫었다. 나만 어둠 속에 남아 있는 듯했다. 나만 소외되고 아프고 힘든 것 같았다. 기필코 감독이 되어 이 어둠을 빠져나갈 것이다. 가진 것 없이 낙천적이기만 한 부모와는 전혀 다른 삶을 살고야 말리라.

-꿈에서 할머니를 만났는데 가게에서 자꾸 물건이 없어진다고 걱정하더라고. 할머니 얘기를 쓰는 건 어때?

나는 그 얘긴 벌써 써먹었다고 톡을 보냈다.

아침부터 비가 내렸다. 편의점은 한산했다. 판매용 비닐우산을 출입문 한쪽에 내다 놓았다. 밤마다 컴퓨터 앞에 앉아 있지만 아무것도 쓰지 못하고 날이 밝는 경우가 많았다. 먼동이 틀 무렵 선잠이 들었다가 7시면 일어났다. 7시에 일어난다는 건 클라이맥스를 앞두고 극장을 나오는 것만큼 고통스러운 일이었다. 8시가 되기 전에 집을 나섰고 9시에 일을 시작했다. 일을 마치면 소재를 찾아 번화가를 헤매거나 도서관에 가서 책을 읽었다. 그러다 집에 돌아와 컴퓨터 앞에 앉기를 반복했다. 나는 사막여우가 주인공인 시나리오를 쓰면 어떨까, 생각해보았다. 당장은 어려울 듯했다. 하지만 언젠가는 사막여우도 한 편의 시나리오가 되고 말 것이다. 빗줄기가 가늘어졌다. 가을비는 울음 끝이 짧은 아이 같았다. 비도 울음도 길면 환영받지 못한다.

대걸레로 빗물을 닦고 있는데 아빠한테 문자가 왔다.

-진미야, 100만 원만 어떻게 안 되겠니?

아빠는 노점에서 호떡 장사를 하겠다며 중고 트럭 살 돈을 보태달라고 졸랐다. 나는 안 된다고 딱 잘랐다. 그런데도 아빠는 지치지도 않고 돈을 달랬다. 우산을 접고 있는 점장이 보였다. 나는 급하게 스마트폰을 조끼 주머니에 넣었다.

"오늘은 카톡 안 했어?"

점장이 옆구리를 꼬집으려 했다. 나는 얼른 몸을 피했다. 어쭈, 피했어, 라며 점장이 옆구리를 두 번 꼬집었다. 점장이 느끼하게 웃었다. 조커처럼 혐오스러웠다.

컴퓨터 앞에 앉은 지 다섯 시간이 지났다. 모니터는 여전히 깨끗했다. 선우한테 카톡이 왔다.

-오디션 지원서 좀 왔어?

-아니.

-그냥 네 얘기 쓰면 안 돼?

이 문장은 외국어처럼 해석이 필요했다. 나한테 무슨 이야기가 있다는 건지 모르겠다.

-어떤 거?

-아무거나.

-아무거나 뭐?

-학교 때 얘기.

-학교 때 뭐?

카톡을 주고받을수록 답답해졌다.

-나도 몰라.

선우는 카톡방에서 나가버렸다. 새벽 2시 20분이었다. 나는 카디건을 걸치고 10여 분 거리에 있는 선우의 옥탑방으로 뛰어갔다. 가을밤이라 바람이 제법 찼다. 따뜻한 유자차가 마시고 싶었다. 선우는 자고 있었다. 냉장고를 열었다. 생수병이 가득했다. 박카스가 상자째 들어 있었다. 나는 침대에 걸터앉아서 박카스를 마셨다. 빨래건조대에 속옷, 수건, 옷가지 등이 너저분하게 걸려 있었다. 싱크대 위에는 전기주전자와 종이컵이 있을 뿐 그릇과 수저는 없었다.

두루마리 휴지, 라면, 즉석 카레, 한방 샴푸, 참치 캔 등이 방 한쪽에 쌓여 있었다. 죄다 훔친 물건이었다. 며칠 사이 물건이 더 늘었다. 침대 밑에 빨간 배낭이 놓여 있었다. 배낭은 선우의 여행용 가방이었다. 선우는 무작정 떠났다가 마음 내키면 돌아오는 떠돌이 생활을 좋아했다. 떠돌이 생활을 하면 도벽이 사라진 다나. 거짓말 같은 이야기였다.

나는 선우를 흔들어 깨웠다.

"뭘 쓰라는 거야?"

선우는 눈을 감고 베개 밑을 더듬었다. 나는 스마트폰을 방바닥에 던져버렸다.

"말로 해. 손짓도 하고 표정도 짓고 침도 튀겨가면서 말을 하라고. 언제까지 입 닫고 살래? 피해자 코스프레 언제까지 할 건데?"

선우는 일어나지 못했다. 때려도 꼬집어도 꿈쩍하지 않았다. 겨드랑이를 살살 간질였다. 선우는 킥킥거리며 몸을 뒤척였지만 일어나지는 않았다. 나는 선우의 손에 스마트폰을 쥐어주었다.

-몰라. 나도 모른다고.

선우는 그대로 쓰러져버렸다. 나는 벽에 기대앉아서 과거에 무슨 이야기가 숨어 있는지 생각해보았다. 특별한 건 모두 시나리오가 되어 팔려나가고 소재가 될 만한 건 남아 있지 않았다. 온몸에서 힘이 빠져나갔다. 자꾸 눈이 감겼다. 나도 모르게 깜박 잠이 들었다. 나는 아침이 되어서야 깜짝 놀라서 일어났다. 주위가 희뿌옇게 보였다. 선우는 깊이 잠들어 있었다. 조용히 옥탑방을 나왔다.

"어디서 외박이야?"

엄마는 소리부터 질렀다.

"진미 엄마, 화낼 게 아니라 축하할 일이야. 진미야, 그냥 선우랑 결혼해. 조건 따질 거 없다. 엄마랑 아빠를 봐. 부족하지만 행복하게 잘 살잖니."

"아빠가 아무리 그래도 돈 못 해드려요."

"50도?"

우리 집 장르는 블랙코미디였다.

사막여우가 딸기우유 두 개를 계산대에 올려놓았다. 네일 컬러는 짙은 자주색으로 바뀌었다. 이제 막 1시가 되었다.

"딸기우유 원 플러스 원 행사 종료됐는데 괜찮으시겠어요?"

사막여우는 괜찮다고 대답했다. 지하철이 들어오면서 건물이 흔들렸다. 사막여우는 딸기우유에 빨대를 꽂으며 마무리는 잘되고 있어요?라고 물었다. 나는 그냥저냥요, 라고 무성의하게 대꾸했다. 사막여우가 예고 없이 찾아온 것이 못내 불쾌했다.

"알바가 글 쓰는 데 방해되는 건 아니에요?"

나는 못 들은 척 딴청을 했다. 사막여우는 하고 싶은 말이 있는지 입술을 핥았다. 한참 뒤에 사막여우가 물었다.

"몇 시에 마쳐요?"

나는 대답은 하지 않고 제가 마셔도 돼요? 하고 딸기우유를 가리켰다. 사막여우가 고개를 끄덕였다. 나는 딸기우유를 마시고 뒤늦게 대답했다.

"마치는 시간은 왜요?"

사막여우는 말이 없었다. 분명히 할 말이 있는 것처럼 보였는데 별말 하지 않았다.

"내일 시나리오 받으러 올게요. 까뜨린느 님, 약속 꼭 지켜요."

사막여우는 방울 소리를 남기고 편의점을 빠져나갔다. 시나리오는 단 한 줄도 쓰지 못했다. 이제 걱정도 되지 않았다. 나는 빨대를 힘차게 빨았다. 음료는 나오지 않고 바람 빠지는 소리만 요란했다.

점장이 창고로 부르더니 봉투를 내밀었다. 나는 봉투를 바로 받지 않고 점장의 눈치를 살폈다.

"이번 달 알바비."

안 그래도 월급날이 됐는데 계좌번호는 왜 안 물어보나 궁금하던 참이었다. 근로계약서도 안 썼는데 월급도 현금으로 주는 게 영 이상했다. 학생 때부터 꾸준히 아르바이트를 해왔고 돈은 늘 계좌이체로 받았다. 그편이 여러모로 편했다. 민망했지만 나는 점장이 보는 앞에서 현금을 세기 시작했다. 액수가 맞지 않았을 때 생길 수 있는 논란을 피하고 싶었다. 점장은 괜히 물건을 체크하는 척했다.

"돈이 적은데요?"

"뭐가 적어. 맞게 넣었는데. 넌 좋겠다. 맨날 카톡질하고 놀면서 월급은 챙기잖아. 나도 알바나 할까 보다. 요즘은 어떻게 된 게 주인보다 알바가 더 벌어."

"최저시급보다 정확하게 1000원씩 적게 계산됐어요."

"아, 난 또 뭔 소린가 했네. 너 같은 애는 원래 시급 1000원씩 낮게 줘. 알면서 그래."

"너 같은 애라뇨? 제가 뭘?"

점장은 능글맞게 웃으며 또 옆구리를 꼬집으려 했다. 나는 점장의 손을 소리 나게 쳐냈다.

"제 몸에 손대지 마세요. 옆구리 꼬집는 것도 성추행이라구요."

"뭐? 성추행? 이게 말이면 단 줄 아나. 사람 구실도 못 하는 병신 불쌍해서 뽑아줬더니 어디서 지랄이야."

언제나 이런 식이었다. 화상으로 일그러진 손은 나를 공격하려는 사람들의 좋은 먹잇감이 되었다. 목덜미가 벌겋게 달아오르는 느낌이 불쾌했다. 나는 말문이 막혀서 점장을 노려보기만 했다. 정말이지 지긋지긋했다.

　선우는 스마트폰으로 게임을 하고 있었다. 나는 한쪽 벽에 기대앉았다. 반투명한 창문은 석양에 붉게 물들었다. 나는 손을 들어 석양을 막았다. 손을 멀리 쭉 뻗었다. 아무리 뻗어도 손은 정상이 되지 않았다. 화상 치료를 제대로 받지 못해서 살이 핏줄과 같이 돌출되는 구축 현상이 생긴 손은 내가 봐도 징그러웠다. 날씨가 추워지면 손은 더 굳었다. 그 때문에 내가 찍은 영상은 화면이 심하게 기울었다. 기울어진 화면 속의 인물들은 하나같이 위태롭고 불안해 보였다. 날 닮은 그 모습이 싫어서 기를 쓰고 기운 화면을 똑바로 세우려 노력했다.
　흉터가 있는 손을 촬영해서 폴더에 모아놓았다. 그중에서 가장 최근 영상을 재생했다. 왼손으로 찍어서 화면이 더 흔들렸다. 손을 서서히 클로즈업했다. 화면 가득 손이 담겼다. 손은 인공위성이 찍은 달의 표면처럼 굴곡지게 보였다. 크게 키운 화상 흉터는 운석과의 충돌로 인해 달의 표면에 생긴 크레이터와 묘하게 닮았다.
　〈달을 빚는 여자〉라는 시나리오 제목이 먼저 떠올

랐다. 인물, 상황, 대사 등이 시퀀스로 머릿속에 빠르게 펼쳐졌다. 당장 쓰지 않으면 신기루처럼 사라져 버릴 것 같았다. 나는 노트북을 켜고 앉았다. 한 신이 끝나기가 무섭게 꼬리를 물고 다음 신이 떠올랐다. 백번쯤 들은 노래의 가사를 받아 적는 것처럼 술술 써졌다. 화상 사고로 손가락이 붙어버린 여자가 종이 공예로 손을 만드는 내용의 시나리오를 끝냈을 때는 새벽녘이었다. 시나리오를 USB에 옮겨 담고 그대로 바닥에 누웠다. 그리고 금세 잠에 빠져들었다.

오후 늦게 눈이 떠졌다. 나는 침대에 누워 있었다. 선우가 보이지 않았다. 침대 밑에 있던 빨간 배낭이 없어졌다. 선우는 또다시 말 한마디 없이 떠났다. 선우와 이별하는 장면을 종종 상상했다. 우리의 이별에는 눈물이 없었으면 좋겠다. 미워하는 감정도 없었으면 좋겠다. 바람이 불면 나뭇잎이 흔들리듯이 자연스러운 이별이었으면 좋겠다고 나는 생각했다. 까뜨린느와 기이의 이별처럼 말이다.

〈쉘브루의 우산〉의 마지막 장면은 눈 내리는 겨울 저녁이다. 기이가 운영하는 주유소로 한 대의 차가 들어온다. 어머니의 장례식에 참석하고 파리로 돌아가는 까뜨린느와 딸이 타고 있는 차였다. 까뜨린느가 묻는다. 행복해요? 기이는 쓸쓸한 표정으로 무척 행복하다고 대답한다. 까뜨린느는 기름을 넣고 주유소를 떠난다. 외출했던 기이의 아내와 아들이 돌아오고 기이가 그들을 반갑게 맞이하는 것으로 영화는 끝이 난다. 나는 이별마저 아름다운 영화 속으로 들어가고 싶었다.

사막여우한테 문자가 와 있었다.

-까뜨린느, 편의점인데 어디예요?

나는 급하게 답장을 보냈다.

-편의점에서 8차선 도로를 건너면 통유리로 된 카페가 있어요. 거기서 한 시간 뒤에 만나요.

USB를 챙겨서 밖으로 나오는데 햇살이 눈을 찔렀다. 나는 잔뜩 인상을 쓰고 하늘을 올려다보았다. 어제와 다름없는 해건만 더 뜨겁게 느껴졌다. 가파른 계단을 뛰어서 내려왔다. 선우와 자주 가던 편의점 앞을 지났다. 분식집을 끼고 도니 세탁소가 나왔다. 프랜차이즈 빵집을 지나자 멀리 버스 정류장이 보였다. 건널목 앞에서 참지 못하고 뒤를 돌아보았다. 낯익은 거리가 거기 있었다. 나는 다시는 오지 않으리라 다짐하며 안녕, 이라고 속으로 되뇌었다.

통유리 너머로 호피 무늬 스카프를 두른 사막여우가 보였다. 나는 주머니에 든 USB를 움켜쥐었다. 사막여우한테 문자가 왔다.

-아직 멀었어요?

-한 정거장 전이에요.

거짓말을 했다. 그리고 혼자서 상상했다. 상상 속에서 사막여우한테 영화를 찍는 이유를 물었다.

당연히 감독이 되고 싶으니까 찍죠. 영화감독 멋지잖아요. 한류스타들이랑 친분도 쌓을 수 있고, 성공하면 돈과 명예가 한꺼번에 생기잖아요. 그러는 까뜨린느 님은 왜 영화를 찍어요?

사막여우의 질문에 나는 이렇게 대답한다.

화상 사고를 당한 이후에 이상한 능력이 생겼어요. 사람들이 하지도 않은 말들이 들리는 거예요. 쟤는 우리랑 달라. 저러고 어떻게 살아. 나라면 죽어버렸을 거야. 그때 저를 구원해준 게 영화였어요. 영화를 보면 상처 없는 사람이 없잖아요. 사막여우 님, 저한테 영화는요, 약이었어요. 오늘이 아무리 힘들어도 참고 견딜 수 있는 약이요.

빌딩 숲에서 바람이 불어왔다. 로우앵글로 한없이 늘여놓은 빌딩은 한쪽으로 기울어져 곧 쓰러질 듯했다. 나는 손목을 꺾어가며 똑바로 세우려 노력했지만 화면 속의 빌딩은 바람을 맞은 갈대처럼 일어서지 못했다. 자동차 경적이 요란하게 울렸다. 8차선 도로 전체가 차량 정체로 꽉 막혔다. 사람들은 무표정한 얼굴로 거리를 걸었다. 거리에서 색깔이 사라지기 시작했다. 연파랑의 하늘, 울긋불긋 곱게 물든 단풍, 상가의 화사한 간판에서 색깔이 한 겹씩 사라져갔다. 도시가 회색이 될 때까지.

　장애가 있는 손으로 종이 손을 만들어 집 안을 가득 채우는 사람이 현실에 있다면 〈세상에 이런 일이〉라는 TV 프로그램에 출연했겠지만 영화는 다르다. 장애 때문에 성격이 일그러져 고립된 삶을 살거나, 비정상적으로 손에 집착해서 살인을 저지르기도 하는 것이 영화다. 영화는 삶이 아니고 프레임이다. 감독에 의해 철저하게 계산된 허구의 세계다.

　-다 버렸을 때에야 비로소 얻어지는 게 있는 거야.

　나는 선우한테 어떻게 하면 다 버릴 수 있느냐고 반문했었다.

　전화가 왔다. 통유리 너머에서 전화를 거는 사막여우가 보였다. 나는 통화 거절 버튼을 눌렀다. 그리고 몸을 돌려 버스 정류장 쪽으로 발걸음을 옮겼다. 핸드폰 화면을 거치지 않고 보는 거리가 현실 같지 않았다. 나무와 상점이 눈이 아프도록 선명해서 현기증이 일었다. 잠시 그 자리에 서서 현기증이 지나가기를 기다렸다. 나는 다시 걷기 시작했다. 핸드폰을 켜고 카메라를 클릭해서 화면을 반대로 돌렸다. 화면 가득 내 얼굴이 비쳤다.

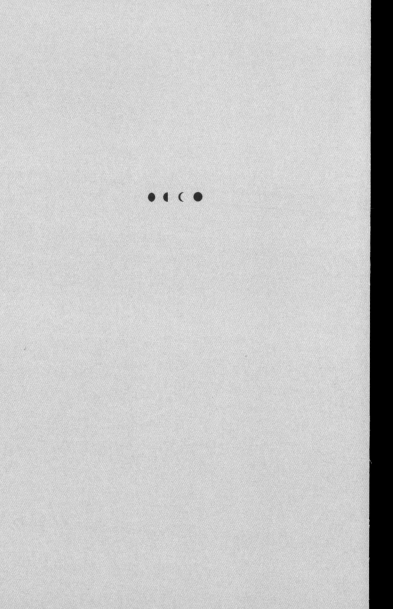

레몬워터

나는 하루에 물을 3리터씩 마신다. 일주일에 두세 번은 방문하는 집 근처 가정의학과의 간호사가 권유한 대로다. 김 간호사는 해독에 있어서 일가견이 있는데, 20년이 넘는 간호사 경력 때문이기도 하고 가족 셋을 암으로 떠나보냈기 때문이기도 하다. 김 간호사는 나만 보면 중금속 치료인 킬레이션을 권했다. 나는 지독한 불면증과 원인불명의 두통, 일상생활이 어려울 정도의 근육통에 시달렸다.

　"세상 모든 병은 피에서 시작된다고 봐야죠. 인스턴트 먹고 스트레스받고 운동 안 하고, 그러면 피가 탁해지거든요. 요즘 사람들은 거의 다 이 상태예요.

제때 치료를 안 하면 혈액 검사도 어려워요."

"왜요?"

"피가 요거트처럼 걸쭉해져서 주사기가 빨아들이지를 못하는 거죠."

"어떡해요?"

"어떡하긴 뭘 어떡해요. 킬레이션 받아야죠."

김 간호사는 돈이 없어서 킬레이션 치료를 받을 수 없는 내게 물 마시기를 권했다.

병원 건물 1층에 있는 프랜차이즈 카페에서 아메리카노를 한 잔 샀다. 1리터에 1500원이었다. 싼 가격 때문에 하루에 한 번은 꼭 들르는 곳이다. 건물 귀퉁이에 숨어서 커피를 마셨다. 흡연자들이 자주 이용하는 장소라 담배 찌든 냄새가 지독했다. 엄마는 지독한 불면증을 앓고 있는 내가 커피 마시는 걸 싫어했다. 엄마는 집 밖으로 못 나오기 때문에 들킬 염려는 없었다. 하지만 나는 이상하게 몸을 숨기고 커피를 마셨다.

엄마가 안 오고 뭐 하냐고 문자 폭탄을 날렸다. 남은 커피를 급하게 마저 마셨다. 커피는 이뇨 작용이 있어서 반드시 마신 것보다 더 많은 양의 물을 마셔야 한다. 가방에서 생수병을 꺼냈다. 보리차가 3분의 2쯤 남아 있었다. 그 자리에서 보리차를 다 마셨다. 마지막 한 모금을 입 안에 머금고 열심히 가글을 했다.

발걸음을 옮길 때마다 배 속에서 물이 출렁거렸다. 길에 서서 가만히 몸을 흔들어보았다. 찰랑찰랑 소리가 들렸다. 몸을 좀 더 크게 흔들었다. 물이 크게 흔들리면서 몸이 휘청거렸다. 갑자기 머리가 핑, 돌았다. 눈앞이 잠깐 허예졌다가 원상태로 돌아왔다. 오른발을 들었다 왼발을 들었다 리듬을 타면서 깡충 깡충 뛰었다. 체중 때문에 무릎이 아팠지만, 물이 찰랑거리는 느낌이 좋았다. 내 안에 바다가 생긴 것 같았다.

"아, 해봐."

나는 하마처럼 입을 커다랗게 벌렸다.

"후, 하고 불어야지."

나는 후, 하고 짧게 입김을 불었다.

"길게 불어."

나는 길게 입김을 불었다.

"진짜 커피 안 마셨어?"

엄마는 의심을 거두지 않았다. 나는 식탁을 겸하는 테이블에 카드와 영수증을 꺼내놓았다. 엄마는 복제 카드를 감별하듯이 앞뒤를 꼼꼼히 살폈다. 영수증도 한참을 들여다보았다. 카드 긁기가 무섭게 도착한 문자를 확인해놓고도 꼭 저런다. 엄마는 내가 받아온 약봉지를 대충 훑어보더니 다시 돌려주었다.

맥심을 두고 밖에서 사 마시는 아메리카노, 한두 정거장 거리의 버스비, 구멍 난 양말을 기워 신지 않고 버리는 일, 붉은 과육이 조금이라도 남아 있는 수박 등은 알뜰한 엄마가 경기하며 싫어하는 행동들이다. 유일하게 관대한 것이 병원비였다. 다달이 통장에서 자동이체되는 국민건강보험료 12만 4560원보다 더 많은 혜택을 받아야 손해가 아니라고 굳게 믿었다. 아빠는 장사를 나가야 해서 병원에 갈 시간이 없고 엄마는 집 밖 출입을 못 한 지 2년이 넘었다. 병원에 갈 사람은 나밖에 없었다. 다행히 나는 늘 아팠다.

물을 마셨다. 커피가 몸에서 뺏어간 수분을 채워야 했다.

"네가 하마야. 물 좀 그만 마셔."

나는 머그잔을 내려놓고 리모컨을 들었다. 채널이 미처 돌아가기도 전에 왜 보고 있는데 돌리냐고 엄마가 소리를 질렀다. 엄마는 늘 〈우아한 미식가〉를 틀어놓았는데, 늙은 남자가 쩝쩝거리며 음식을 먹는 게 뭐가 좋은지 도통 모르겠다. 갑자기 텔레비전도 마음껏 못 보는 내 신세가 서글퍼서 눈물이 났다. 엄마는 물을 너무 많이 마시니까 시도 때도 없이 눈물이 나오는 거라며 화를 냈다. 나는 군소리 없이 채널을 돌려주었다. 그리고 물을 한 잔 따라서 엄마한테 갖다줬다. 김 간호사가 그랬다. 수분이 부족하면 만

사에 짜증이 난다고.

바닥에서 올라오는 냉기에 몸이 떨렸다. 큰 추위는 가셨다지만 난방을 끄기에는 아직 추웠다. 나는 전기장판 안으로 몸을 밀어 넣었다. 내 발바닥이 엄마의 허벅지에 닿았다. 엄마는 차갑다며 또 짜증을 냈다. 만성탈수에 시달리고 있는 것이 분명했다. 만성탈수에 빠지면 뇌가 제때 목마른 신호를 못 보낸다. 목마름을 느끼지 못하면 점점 더 물을 마시지 않게 된다. 수분이 부족해서 물을 더 마시지 않는 악순환에 빠지는 것이다. 목마름은 짜증과 화로 표출되는데 당사자는 자신이 왜 화가 났는지 모른다. 엄마는 의미 없이 욕을 했다. 머그잔에는 물이 그대로 남아 있었다.

오랜만에 화창한 날이었다. 그동안 비가 자주 왔고 가끔 눈이 내렸다. 아니면 미세먼지가 하늘을 뒤덮는 날이 지루하게 이어졌다. 엄마는 봄맞이 대청소를 주문했다. 일단 창문부터 활짝 열었다. 겨울 이불은 세탁기에 돌리고 물빨래 못 하는 솜이불은 베란다에 내다 널었다. 먼지떨이로 천장과 벽을 쓸어내렸다. 굵은 거미를 여러 마리 죽였다. 효자손에 올이 나간 스타킹을 덮어씌워서 손이 닿지 않는 장롱 위의 먼지를 훔쳤다. 청소를 끝냈지만 여전히 어수선했다.

잡다한 물건이 너무 많았다. 엄마한테 미니멀 라이프에 대해서 설명했다.

"하루에 한 개씩 물건을 버리자고?"

"오늘은 한 개지만 내일은 두 개, 모레는 네 개, 여덟 개, 열여섯 개. 이런 식으로."

"지랄한다. 그냥 날 갖다 버려. 그편이 편하지."

엄마는 언제나 옳다. 180킬로그램에 육박하는 엄마가 사라지면 우리 집은 텅 비고 말 것이다.

짜파게티를 끓이고 있는데 엄마가 비명을 지르듯이 나를 불렀다. 베란다에 널어놓았던 솜이불이 물을 먹고 축 처져 있었다. 하늘은 여전히 화창했다. 물은 위층에서 조용히 떨어지고 있었다.

"한빈아, 빨리 올라가서 무슨 일인지 알아 와."

위층 남자는 윗도리를 벗고 곰 인형이 프린트된 하늘색 수면 바지만 입고 있었다. 고동빛 살결은 참기름을 발라놓은 듯 반들거렸고 벽돌을 쌓아놓은 듯한 복근이 그리스 조각상처럼 근사했다. 현관문은 안전 고리 길이만큼 열려 있었다. 나는 그 틈으로 얼굴을 들이밀고 혹시 베란다에서 세탁기 돌리느냐고 물었다. 위층 남자는 그런 일 없다고 대꾸하고 현관문을 닫았다.

"세탁기 안 돌렸대."

"등신아, 그런다고 그냥 내려오냐."

엄마는 위층 남자가 우리를 우습게 보는 것이 분명하다며 본때를 보여줘야 한다고 핏대를 세웠다. 나는 엄마한테 단단히 교육을 받고 다시 위층으로 올라갔다. 초인종을 여러 번 눌렀는데 문을 열어주지 않았다.

"한빈이 너는 내가 아까 한 말 못 알아들었어? 무슨 수를 써서라도 이불값을 받아 오라고 했잖아. 올라가서 문 열어줄 때까지 초인종을 누르든지, 현관문을 부수고 들어가든지 알아서 해. 돈 못 받으면 집에 올 생각도 하지 마."

굳게 마음먹고 다시 올라갔다. 문을 아무리 차도 열어주지 않기에 무릎을 꿇고 우유 투입구를 열어 집 안을 들여다보았다. 남자는 현관과 마주 보고 있는 욕실 앞에서 수건으로 머리를 털고 있었다. 한참이 지나서야 남자가 곰 인형 수면 바지를 입고 있지 않다는 것을 알아챘다. 나는 너무 놀라 무릎 힘이 풀리며 우유 투입구에 이마부터 윗입술이 끼어버렸다. 남자가 현관문을 향해 저벅저벅 걸어왔다. 공포 영화 속 살인마처럼 빠르지도 느리지도 않은 걸음이었다. 나는 급하게 얼굴을 빼고 부리나케 뛰어 내려왔다.

엄마는 놀란 표정으로 내 얼굴을 올려다보았다.

"한빈아, 얼굴에 피 나."

"물어준대. 이불값 물어준다고 했어."

'이불값'에 엄마는 기분이 좋아졌다.

"얼마 불렀어? 세게 부르지."

"돈 얘기는 아직 안 했어."

엄마는 신이 나서 얼마를 받으면 좋을지 계산기를 퉁겼다. 얼굴이 홧홧 달아올랐다. 주전자 주둥이에 입을 대고 보리차를 마셨다. 열기는 가라앉지 않고 호흡이 가빠졌다. 김 간호사가 그랬다. 한 번에 물을 너무 많이 마시면 죽을 수도 있다고. 바다에 바닷물보다 많은 양의 민물이 흘러 들어가면 바다가 죽는 것과 마찬가지라고. 소금을 집어 먹었다. 짜서 목이 말랐지만, 꾹 참았다.

김 간호사가 뺨의 상처를 들여다보았다. 상처의 길이를 재보기도 하고 살짝 벌려보기도 했다. 김 간호사는 뺨의 상처보다 이마 한쪽에 난 뾰루지에 더 놀랐다.

"뾰루지도 다 피 때문에 올라오는 거잖아요. 기미, 주근깨, 주름, 다 그래. 피가 깨끗해야 피부가 좋아지는 거라고요. 그래서 연예인들이 몰래몰래 킬레이션 받잖아요. 피부 좋아지려고."

김 간호사는 방수 밴드를 상처에 붙여주었다.

"혹시 실비보험 있어요?"

누가 들을세라 김 간호사가 목소리를 줄였다. 나

는 등 뒤를 돌아보았다. 역시 환자는 없었다. 병원 대기실에는 김 간호사와 나뿐이었다. 실비보험은 없다고 하니 김 간호사는 됐다고 대꾸했다. 처방전이 인쇄되는 소리가 유난히 크게 들렸다. 의사는 평소 내가 먹는 수면제를 처방해주었다. 김 간호사는 뾰루지가 났을 때는 레몬워터를 마시면 좋다는 팁을 알려주었다.

레몬은 한 개에 1000원, 열 개에 9000원이었다. 이렇게 생각하고 저렇게 생각해도 열 개를 사는 게 이득이었다. 레몬을 골라 담았다. 계산하러 가다가 쇼핑하는 위층 남자를 봤다. 나는 급하게 계산을 마치고 마트를 빠져나왔다.

아침부터 엄마가 깨웠다.
"돈 받아 와."
눈곱도 못 떼고 레몬워터 두 잔과 두통약을 먹고 밖으로 나왔다. 3층에서 4층으로 올라가는 계단 중간에 퍼질러 앉았다. 엄마가 돈 받아 오라고 할 때마다 숨어 있다가 내려가는 곳이었다. 나는 매번 위층 남자를 못 만났다고 했다. 반복적으로 하는 거짓말이지만 할 때마다 발바닥이 간질거렸다. 요즘 어쩐 일인지 시도 때도 없이 위층 남자와 마주쳤다. 위층 남자는 헬스트레이너였는데, 운동하는 아줌마들하고 맥

도날드에 자주 왔다. 불고기버거를 베어 물다가 치즈스틱을 사는 위층 남자를 봤다. 감자튀김을 케첩에 찍다가 치즈스틱을 먹는 위층 남자와 눈이 마주쳤다. 집에 가다가 위층 남자의 뒤를 따라 걷기도 했다. 계단을 올라가다가 내려오는 남자와 마주치면 어쩔 수 없이 고개를 숙였다. 남자는 골이 난 사람처럼 쌩하니 지나갔다. 그럴 때면 다시는 인사하지 말아야지 하다가도 계단에서 마주치면 나도 모르게 눈인사를 했다.

"없어."

"벌써 나갔다고? 이제 7시 반인데?"

"그거야 모르지."

"메모 붙여놓은 건 어떻게 됐어?"

"어?"

"넌 누굴 닮아서 머리가 그렇게 나쁘니. 저번에 이불값 달라고 붙여놓은 거, 있어 없어?"

"그대로 있어. 이사 갔나 봐 아무래도."

어젯밤에 만들어놓은 레몬워터를 냉장고에서 꺼냈다. 레몬워터를 만드는 데엔 생각보다 레몬이 많이 필요하지 않았다. 깨끗하게 씻어서 냉장실 과일 보관함에 넣어놓은 레몬에 검은 반점이 생기기 시작했다. 레몬청을 만들어야겠다는 생각이 들었다.

세수를 하니 밴드가 힘없이 떨어졌다. 밴드를 붙

였던 자리에 때가 꼈다. 이태리타월로 엉겨 붙은 접착제 때를 살살 문질렀다. 피부색보다 진한 초승달 모양 흉터가 생겼다. 손끝으로 살살 문질렀더니 돌출된 흉터가 만져졌다. 한 가닥으로 묶었던 머리를 풀었다. 꼬리빗으로 옆 가르마를 타서 흉터가 있는 뺨을 가렸다.

아빠는 거의 10년 만에 장사를 쉬고 있다. 10년 전에 산 낡은 중고 트럭은 지금까지 버텨준 것만으로도 기적이었다. 아빠는 낮에 집에 있기가 불편한지 가만있지 못하고 화장실을 갔다 방에 갔다 부엌에 갔다 했다. 아빠는 명절날도 쉬지 않고 트럭을 몰고 돌아다니며 여름에는 슬러시를, 겨울에는 붕어빵을 팔았다.

아빠한테 레몬워터를 한 잔 가져다드렸다. 아빠는 레몬워터를 한 모금만 마셨다.

"물도 아닌 게 짐짐해서 못 묵겠다. 다른 마실 건 없나?"

며칠 전에 만들어놓은 레몬청을 따뜻하게 타 왔다. 아빠는 좋다, 시원하다며 맛있게 마셨다. 아빠는 10년 만에 처음 만나는 사람처럼 내 얼굴을 빤히 쳐다봤다.

"한빈이는 와 자꾸 살을 빼노?"

"쪼금 빠졌는데, 빠진 거 티 나?"

"너무 뺐다. 다이어트 그만해라. 지금도 이쁜데 살까지 빼면 동네 머스마들 다 쫓아와가 안 된다. 우리한빈이도 연애해야지?"

갑자기 엄마가 끼어들었다.

"연애는 무슨. 당신 애한테 괜히 헛바람 넣지 마. 돼지가 살 뺀다고 사슴 될 거 같아. 돼지 새끼 되는 거지. 돼지랑 돼지 새끼가 뭐가 달라."

엄마는 내가 살 빼는 걸 싫어했다. 화장하는 것도 싫어하고 친구 만나는 것도 탐탁지 않게 여겼다. 돈 한 푼 안 벌어 온다고 구박하면서도 마트 캐셔 자리라도 알아볼라치면 분노를 폭발시켰다. 그따위 일 하라고 대학 공부까지 시킨 줄 아냐고 역정을 내지만, 사실 나는 4년 내내 장학금을 받고 다녔기 때문에 엄마가 실질적으로 도와준 건 없었다. 엄마가 두려워하는 건 내가 살을 빼고 직장을 구해서 집을 나가는 것이다. 어느 날 갑자기 손과 발이 사라진다면 나라도 무서울 것 같다.

아빠와 나는 집에서 쫓겨났다. 엄마는 위층 남자한테서 5만 원을 받기 전에는 집에 들어올 생각 하지 말라고 했다. 그동안의 사정을 들은 아빠도 위층에는 올라가고 싶지 않다고 했다. 우리는 내가 늘 숨는 계단에 앉았다.

"니가 이해해라. 갱년기다 아이가."

아빠의 말이 아니어도 나는 엄마를 이해하려고 무지 노력 중이다.

"언제까지 저래?"

"모리지. 한 2, 3년 그란다 카는데⋯⋯."

나는 사춘기를 10년 가까이 앓았다. 그 긴 시간 내내 엄마를 괴롭혔다. 사춘기 때 살이 급격하게 쪘는데 그 때문인지 감정 기복이 심해졌다. 나도 나를 통제할 수 없었다.

"단골 중에 마누라 갱년기 때 정리 해고당한 아저씨가 있다. 미역국 시끄럽게 묵는다고 맞았다 카대."

국을 후루룩 마시다가 아내가 던진 굴비에 얼굴을 맞는 중년 남자의 모습이 머릿속에 그려졌다. 중년 남자는 어리둥절해서 아내를 쳐다봤을 것이다. 자신에게 닥친 상황을 중년 남자는 죽기 전에 이해할 수 있을까.

"엄마는 폭력은 안 쓴다 아이가. 엄마 너무 미워하지 마라. 한빈이 알겠제?"

학부모 총회에 엄마가 나타났다. 가정통신문도 안 보여줬는데 어떻게 알고 참석한 걸까. 아직도 미스터리다. 수돗가에서 손을 씻다가 운동장을 가로질러 걸어오는 엄마를 보았지만 모른 척했다. 중학생이 되고 처음 생긴 단짝 앞에서 차마 엄마를 알은체할 수 없었다. 엄마가 땀을 줄줄 흘리며 계단을 하나씩 올라갈 때마다 학교 건물이 흔들리는 것만 같았다. 포대자루 같은 원피스는 땀에 절어 몸에 찰싹 달라붙었다. 유두가 동그랗게 도드라졌다. 엄마는 속옷을 입고 있지 않았다. 1층에서 엄마를 집으로 돌려보내지 못한 게 실수였다. 아무것도 모르는 친구가 옆에서 엄마에 대해 이러쿵저러쿵 떠들었는데 그 말이 한마디도 들리지 않았다. 강당이 있는 5층에 겨우 도착한 엄마는 그 자리에서 쓰러져버렸다. 나는 엄마를 외면하고 강당으로 들어갔다. 1학년 5반 김한빈 학생은 빨리 양호실로 오기 바랍니다. 어머니가 쓰러지셨습니다. 안내방송이 스피커로 흘러나왔다. 오늘 학교에 찾아온 거구의 여인이 내 어머니라는 사실이 전교생에게 알려지는 순간이었다. 그날 양호실에서 나는 처음으로 엄마를 때렸다. 손바닥으로 등짝을 두 번 연속해서 내리쳤다. 엄마의 등은 바람 빠진 튜브처럼 물컹했다. 별로 아플 것 같지 않았다.

아빠하고 중랑천으로 쑥을 캐러 갔다. 일주일 안에 5만 원을 만들어야 했다. 엄마가 우리에게 준 한 계선이었다. 주말까지 돈을 받아 오지 않으면 엄마는 아빠와 나를 진짜 때릴지도 몰랐다. 챙 넓은 모자를 쓰고 쑥을 캐는 아주머니들이 중랑천 주변에 점점이 흩어져 있었다. 중랑천은 아직 겨울이었다. 수분이라고는 없이 바싹 마른 갈대와 잡초들이 덤불을 이루고 있었다. 아빠는 왼손에는 검은 비닐봉지를, 오른손에는 과도를 들고 천변으로 내려갔다. 초록빛이 전혀 없는 주변 풍경을 봐서는 쑥이 있을 것 같지 않았다. 아빠의 왜소한 몸은 곧 갈대에 가려져 보이지 않았다. 나는 자전거도로 옆을 살폈다. 쑥인지 잡초인지 모를 풀들이 뭉개져 있었다. 사람이 접근하기 힘든 곳으로 가야 쑥을 캘 수 있을 것 같았다. 쑥을 캐는 아주머니 대부분이 그러하듯 나도 가파른 비탈길을 찾아갔다.

덤불 사이로 쑥이 소복이 자라 있었다. 커터 칼로 쑥의 밑동을 싹둑 잘랐다. 향긋한 쑥 냄새가 확 퍼졌다. 손을 부지런히 움직여서 나머지 쑥도 캐냈다. 나는 땅만 보고 걸었다. 검은 비닐봉지가 수북해졌다. 시간이 얼마나 지났는지 알 수 없었다. 계속해서 숙이고 있던 허리를 펴는데 앓는 소리가 절로 나왔다. 고개를 들고 보니 어느새 철길까지 왔다. 지금은 기차가 다니지 않는 철길 주변으로 개나리와 벚나무가 군락을 이루고 있었다. 몇 주 후면 개화가 시작될 것이다.

아빠는 매점 아저씨하고 실랑이를 벌이고 있었다. 아빠는 2500원 하는 콜라를 사고 만 원짜리 지폐를 냈다. 매점 아저씨가 7500원을 거슬러줬다. 아빠는 거스름돈 계산이 잘못됐다고 항의하는 중이었다. 1000원을 더 거슬러 받아야 한다는 것이다. 매점 아저씨는 화가 많이 났는지 콜라를 팔지 않겠다고 했지만, 아빠는 고집을 꺾지 않았다. 나는 매점 아저씨에게 거듭해서 사과했다. 매점 아저씨는 고개를 절레절레 흔들더니 옆으로 뉘어놓은 대형냉장고 상자 같은 매점으로 사라졌다.

"한빈이 니 참말로 와 그라노."

"아저씨 계산이 맞아."

"만 원에서 2500원 빼봐라. 우예 7500원이고? 8500원이지."

아빠는 똥고집을 꺾지 않았다. 엄마의 말처럼 아빠는 카드만 쓰는 게 정답이었다. 아빠가 원래 계산을 못했던 것은 아니다. 항상 계산을 못하는 것도 아니고. 슬러시나 붕어빵을 팔 때는 얼마나 계산이 빠르고 정확한지 〈생활의 달인〉에 암산왕으로 제보해도 될 정도다. 그런데 어느 날 뇌의 한 부분을 다친 것처럼 돈을 쓸 때만 계산을 못하게 되었다. 엄마의 논리에 의하면 사람은 평생 쓸 수 있는 돈이 정해져 있는데, 아빠는 젊어서 모조리 써버렸기 때문에 쓸 돈이 남아 있지 않았다. 내가 어렸을 때, 아빠는 지금 우리 형편에는 상상도 못 할 큰돈을 날렸다. 죽을 때까지 돈 쓰지 말고 벌기만 하라는 신의 계시야. 엄마가 말했다. 삼성의 이건희는 뭐냐고 아빠가 반박에 나섰다. 어디나 예외는 있는 법이야, 라는 엄마의 말에 아빠는 들리지 않게 푸념을 했다. 평생 돈 한 푼 못 버는 예외가 우리 집에 있지. 나를 두고 하는 말 같아 가슴이 뜨끔했다.

"한빈아, 무라."

나는 고개를 가로젓고 가방에서 레몬워터를 꺼냈다.

"이제 콜라 안 마셔."

아빠는 세상에서 이보다 이상한 말을 들어본 적이 없다는 얼굴을 했다.

"콜라에 밥 말아 묵던 아가 콜라를 안 마신다꼬?"

"응. 안 먹어. 콜라가 피를 탁하게 만든대. 콜라 안에 든 당분이 말이야."

"사람이 너무 갑작스럽게 바뀌는 것도 안 좋다 카던데. 한빈이 괘안을라나."

아빠는 콜라 캔을 따며 중얼거렸다.

결국 트럭은 폐차하기로 결론을 내렸다. 아빠는 일자리를 알아봐야 해서 쑥을 캐러 갈 수 없었다. 혼자서 중랑천까지 가기 싫었던 나는 집 근처 아파트 단지를 돌면서 쑥을 캤다. 그런데 내가 캔 것은 쑥이 아니라 국화였다. 경비 아저씨한테 걸려서 엄청나게 혼났더니 머리가 깨질 것처럼 아팠다. 엄마한테 카드를 받아서 부리나케 병원에 달려갔다.

"다이어트도 좋지만 계속 물만 드시면 정말 큰일 납니다. 환자분이 금붕어는 아니잖아요."

의사의 충고를 들으며 귓바퀴를 만지작거렸다. 사람은 어류에서 진화했다는데, 내 몸에 아가미가 있었다면 이 부분이 아니었을까. 귀에 아가미가 달려 있으면 얼마나 멋질까. 헤엄쳐서 제주도를 갈 수도 있을 것이다. 귓바퀴를 만지작거린 손가락에서 똥내가 났다. 목욕할 때가 지났다.

"물만 마셔서는 중금속 해독 못 시켜요. 물 마시는 건 임시방편이라고 몇 번을 말해요. 제대로 된 치료를 해야 살도 빠질 거 아니에요."

"의사 선생님은 왜 킬레이션 하라고 안 해요?"

"영업하는 의사가 세상에 어딨어요? 의사 선생님은 생명을 구하는 고귀하신 분이세요. 그래서 제가 있잖아요."

김 간호사는 은밀하게 실비보험 가입을 권했다. 나는 집에 돌아오는 길에 평소 보아두었던 보험 영업소에 들어갔다. 설계사 대부분은 외근을 나가고 자리에 없었다. 나이가 지긋해 보이는 여자분이 뭘 마시겠냐고 물었다. 사무실 한편에 커피추출기가 떡하니 있었다. 사무실을 카페처럼 꾸미는 게 요즘 추세다. 우리나라 사람들은 지난 5000년 동안 물만 마신 것이 억울한 듯 커피를 몰아서 마셨다. 커피믹스에 절어 있던 내 몸은 아메리카노를 원했다. 벽에 걸린 시계를 봤다. 오후 3시가 넘었다. 하루가 다르게 불면증이 심해지는데 이 시간에 커피를 마시는 건 무리다. 하지만 내 입술은 의지와는 상관없이 아메리카노를 발음했다. 여자가 커피를 내리는 동안 물병에 물을 가득 담았다. 얇게 썬 레몬 조각이 살아 있는 것처럼 물통 속에서 둥둥 떠다녔다.

"보험료가 비싼 거 같아요."

나이 지긋한 여자는 소장이었다. 나는 소장이 회사별로 특약별로 뽑아놓은 서류를 들여다보다가 그렇게 말했다. 김 간호사가 말한 것보다 보험료가 높았다. 더구나 죽을 때까지 내야 했다.

"젊어서 보험료가 낮게 책정된 건데요. 혹시 직장이 없어요?"

소장은 인자한 어린이집 원장 같았다. 당장이라도 엄마가 저를 못살게 굴어요, 라고 고자질하고 싶어지는 목소리 톤이었다. 소장은 예고 없이 직장을 소개해줬다.

"우리 영업소에서 일하는 건 어때요? 직원이 급하게 그만두는 바람에 사람을 아직 못 구했거든요. 8시

30분까지 출근해서 사무실 청소하고 간단한 사무 보면 돼요. 어때요?"

보험설계사들이 집요하다더니 빈말이 아닌 모양이었다. 보험에 들게 하려고 취직을 시켜주다니.

"엄마한테 물어보고요."

실비보험 관련 서류를 챙겨 들고 사무실을 나왔다. 소장은 입구까지 따라와서 보험은 없어도 직장은 있어야 한다며 잘 생각해보라고 신신당부했다.

14층에서 엘리베이터를 탔는데 거의 매 층 멈췄다. 5층 헬스장에서 운동하고 나온 사람이 여럿 있었다. 그 사람들 틈에 위층 남자가 섞여 있었다. 엘리베이터는 이미 포화 상태였지만 사람들은 비좁은 틈으로 꾸역꾸역 올라탔다. 마지막으로 위층 남자가 엘리베이터에 몸을 밀어 넣었다. 여기저기서 비명이 터져나왔다.

위층 남자가 저기요, 하고 불렀다. 위층 남자가 부르는 사람이 나라는 걸 알았다. 하지만 못 들은 척 가만히 걸었다. 평소처럼 걸으려고 했지만 나도 모르게 자꾸만 발걸음이 빨라졌다. 위층 남자가 내 팔을 잡았다. 지난번 일 때문인 듯했다. 나는 위층 남자가 뒤늦게 나타난 빚쟁이처럼 성가시고 두렵기까지 했다.

"부탁 하나만 들어줄래요?"

무슨 부탁인지 듣기도 전에 나는 들어주겠다고 대

답하고 말았다. 가능한 한 빨리 위층 남자의 손에서 벗어나고 싶었다.

"집에 거동이 불편한 늙은 어머니가 혼자 계세요. 오늘 헬스장 일이 너무 많아서 점심때 집에 못 갔거든요. 근데 또 개인 PT가 잡혀 있어서 집에 갈 수가 없어요. 부탁인데 우리 집에 가서 어머니 기저귀 좀 갈아주세요. 그리고 밥도 좀 챙겨주시면 정말 감사하겠어요."

부탁을 받기도 전에 들어주겠다고 했기 때문에 나는 할 말이 없어서 가만히 있었다. 위층 남자는 지갑에서 5만 원짜리 한 장을 꺼내 내 손에 쥐여주고는 부탁한다는 말을 남기고 급하게 엘리베이터에 올라탔다. 나는 속으로 위층 남자가 알려준 비밀번호를 되새기면서 빠르게 걸었다.

방에서는 지금껏 맡아본 적 없는 이상한 냄새가 났다. 대소변에서 나는 암모니아 냄새이면서 한여름 내내 맨발로 신은 운동화에서 나는 고린내 같기도 했고, 실온에서 3일 방치한 곱창 냄새와 100년 동안 밀폐된 도서관에서 날 법한 냄새가 뒤섞인 오묘한 것이었다. 제때 갈아주지 않은 기저귀에서 흘러나온 대소변이 옷은 물론이고 이불까지 더럽혔다. 노인은 살아 있는 생명체라기보다는 돌이나 장작더미에 가까웠다. 티슈 한 장을 뽑아서 노인의 코에 가까이 댔다. 티슈가 미세하게 파르르 떨렸다. 건포도처럼 쪼글쪼글한 볼이 실룩이더니 재채기를 했다.

비닐장갑을 겹쳐서 끼고 마지막에 고무장갑을 꼈다. 고관절을 다친 엄마 병간호를 한 달 넘게 했는데 그때 터득한 기술이었다. 구린내가 얼마나 지독한지 이렇게 철벽 방어를 했는데도 손에 구린내가 뱄다. 노인의 하의를 전부 벗기고 물티슈로 오물을 닦았다. 물티슈로는 한계가 있어서 수건을 적셔서 여러 번 반복해서 닦았다. 노인의 엉덩이는 욕창이 심했다. 약통에 욕창 연고가 수십 개나 들어 있었다. 면봉을 이용해서 환부에 약을 바르고 바람이 통하도록 거즈를 느슨하게 붙였다.

냉장고에 먹을 수 있는 음식은 캔 맥주와 팩 소주뿐이었다. 곰팡이가 핀 밑반찬과 유통기한이 지난 유제품은 몽땅 버렸다. 싱크대 서랍에 라면과 햇반, 참치 통조림, 즉석 카레, 김이 들어 있었다. 냄비에 물과 햇반을 넣고 끓였다. 바지 주머니에 넣어둔 핸드폰이 진동했다. 핸드폰은 10분 단위로 울렸다. 엄마는 머리끝까지 화가 나 있을 것이다. 나는 주방 바닥에 귀를 대고 가만히 있었다. 아무 소리도 들리지 않았다. 죽이 끓어 넘쳐 가스 불이 꺼지는 소리에 놀라서 벌떡 일어났다.

노인은 숟가락이 입술 가까이 오자 제비 새끼처럼

입을 벌렸다. 햇반으로 끓인 죽과 참치 통조림 한 통이 순식간에 사라졌다. 물병에 연결된 빨대를 노인의 입에 물려주었다. 노인은 물병의 물을 천천히 쉬지 않고 다 마셨다. 식사가 끝날 때까지 노인은 눈을 뜨지 않았다.

빨랫감이 한쪽에 수북이 쌓였다. 오물이 많이 묻은 수건은 버리고, 일부는 락스를 넣어 삶고, 오물이 묻지 않은 옷은 세탁기에 넣고 돌렸다. 이불 빨래는 그대로 남았다. 베란다에 있는 빨간색 대형 고무 대야는 용도가 분명해 보였다. 이불을 대야에 넣고 세제를 풀었다. 찬물에는 세제가 잘 녹지 않아서 욕실에서 뜨거운 물을 받아 왔다. 양말을 벗고 바지를 걷어 올리고 이불을 밟았다. 밟을 때마다 천이 풍선껌처럼 부풀어 올랐다가 꺼지기를 반복했다. 두더지 잡기 게임을 하듯이 부풀어 오른 이불을 찰박찰박 밟았다.

빨래를 끝내고 노인에게 저녁을 챙겨 먹였더니 9시가 훌쩍 넘었다. 핸드폰은 방전되었다. 집에 가야 하는데 엄두가 나지 않았다. 한쪽 구석에 앉아 노인을 물끄러미 내려다봤다. 코가 마비됐는지 악취는 참을 만했다. 멍하게 앉아서 노인을 보고 있으니 노인의 얼굴이 엄마의 얼굴이 되었다가 아빠의 얼굴이 되었다가 위층 남자의 얼굴이 되었다. 노인의 입에 가만히 귀를 댔다. 호흡이 느껴지지 않았다. 더 가까이 다가갔다.

"뭐 해요?"

나는 깜짝 놀라서 노인의 배 위로 꼬꾸라졌다. 충격이 상당했을 텐데 노인은 미동도 없었다. 갑자기 켜진 불에 눈이 시렸다.

"아직 안 가고 뭐 해요?"

"할머니가 숨을 안 쉬세요."

위층 남자는 노인에게 눈길도 주지 않고 그만 내려가라고 했다. 나는 서둘러 방을 빠져나왔다. 외투를 집어 들고 운동화를 구겨 신고 현관문을 열었다. 등 뒤에서 위층 남자가 외치는 소리가 들렸다.

"오늘 고마웠어요. 시간 날 때 헬스클럽에 한번 들러요."

위층 남자의 말이 따라 나오지 못하게 서둘러 현관문을 닫았다.

쿠션이 먼저 날아왔고 귤과 귤을 담았던 바구니가 연속해서 날아왔다. 마지막으로 날아온 것이 리모컨이었는데 거기에 이마를 정통으로 맞았다. 머리가 깨진 것이 아닐까 싶게 아팠다. 엄마는 래퍼처럼 욕을 쏟아냈다.

"바람났어? 남자라도 생긴 거냐고."

"아빠는?"

"묻는 말에 대답은 안 하고 무슨 엉뚱한 소리야. 이리 가까이 와."

"아빠 아직 안 들어왔어?"

안방 문을 열었다. 방에는 아무도 없었다.

"가까이 오라고!"

엄마는 뭔가 더 던지고 싶은데 손에 잡히는 게 없자 손톱을 세워서 바닥을 긁었다. 가까이 있었다면 머리채를 잡혔을 것이다. 나는 뒷걸음질 쳤다. 엄마는 엉금엉금 기어서 이쪽으로 왔다. 저 속도로 나한테 오려면 1분 이상 걸릴 것이다. 위층 남자한테서 받은 5만 원을 꺼내놓았다. 엄마의 화는 불판 위에서 눈사람이 녹아 없어지듯이 순식간에 사라졌다. 나는 마법 같다고 생각했다. 엄마는 배가 고프다고 했다. 나는 엄마를 위해 기꺼이 짜파게티를 끓였다.

벚꽃이 지자 사방이 초록색으로 빛났다. 사람들은 반소매 차림이었다. 낮 기온이 20도까지 치솟는 이상 고온현상이 일주일째 지속되었다. 조금만 움직여도 땀이 줄줄 흘렀다. 아빠는 이삿짐센터 직원으로 취직했다. 예순이 훌쩍 넘었지만, 그곳에서 많은 나이는 아니라고 했다. 아빠는 몸 관리만 잘하면 오래할 수 있는 직업이라고 좋아했다.

요즘은 전에 없던 위장 장애가 생겨서 고생했다.

의사가 위내시경을 권했지만, 돈이 없어서 못 했다. 김 간호사는 광양자 치료에 대해 알려주었다. 아무래도 헬리코박터균이 문제일 가능성이 큰데 헬리코박터균은 치료하기 힘든 균 중 하나다. 광양자 빛에 한 번 노출된 세균은 살아남지 못하기 때문에 헬리코박터균 치료에는 광양자 치료만 한 것이 없다는 것이 요지였다. 광양자 치료도 실비보험 청구가 가능했다. 하지만 나는 여전히 보험이 없었다. 직장이 없기 때문이었다.

위층 남자가 헬스트레이너로 있는 헬스클럽에 들어갔다. 매번 건물 앞을 서성이다가 오늘 헬스클럽의 문을 열고 말았다. 녹차를 앞에 두고 위층 남자와 마주 보고 앉았다.

"지난번에 오라고 해서요."

나는 변명을 하듯 말했다.

"계속 기다렸는데 빨리 오시지 그랬어요."

위층 남자가 나를 기다렸다니 기분이 묘했다. 나는 레몬워터 대신 위층 남자가 타 준 녹차를 마셨다.

"무슨 일인데요?"

위층 남자는 전단을 내밀었다. '대박! 3개월 등록하면 1개월이 무료'라는 문구가 눈에 들어왔다.

"친구 추천으로 들어오시면 15일이 더 무료예요. 제가 친구 추천해드릴게요."

위층 남자는 체지방이 어쩌고 열량이 어쩌고, 무얼 먹어야 하고 무얼 먹으면 안 되는지를 열심히 설명했는데 한마디도 알아들을 수 없었다. 남자는 정확한 체지방량을 알아야 한다면서 체중계에 올라가라고 했다.

"수강료가 부족해요."

위층 남자는 안심하라는 듯 미소 지으며 카드도 된다고 했다. 무이자 할부도 가능했다. 주머니에는 엄마 명의의 체크카드뿐이었다.

"카드 없어요. 직장이 없거든요."

안 나오는 말을 겨우 했다. 몹시 부끄러웠다.

"한 달 먼저 다녀보세요."

나는 한 달 수강료도 없었다. 위층 남자는 몹시 아쉬워했다.

"직장 구하면 그때 오세요. 대신 틈나는 대로 많이 걷고 밥 먹을 때 한 숟가락씩 덜어내고 먹어요. 그리고 무엇보다 물을 많이 마셔요."

"물을요?"

"살이 찌신 분 중에 물을 안 드시는 분들이 의외로 많거든요. 물을 마시면 식욕 억제도 되고 노폐물도 빼주고 도움 많이 받으실 거예요."

위층 남자는 엘리베이터까지 배웅 나와주었다. 엘리베이터 문이 닫히기 전에 남자는 헬스클럽으로 들어가버렸다. 나는 14층에 올라가려다가 그만뒀다.

아메리카노를 살까 말까 고민했다. 지금 커피를 마시면 오늘 밤을 또 뜬눈으로 지새워야 할 것이다.

"뭐 드릴까요?"

처음 보는 남자가 생긋 웃으며 물었다. 새로 온 알바는 보조개가 있는 귀여운 남자였다. 나는 뭐에 홀린 듯 아메리카노, 라고 중얼거리며 뺨의 상처를 만지작거리다가 싱긋 웃었다.

미루나무 등대

엄마가 사라졌다. 병원에 암 검사를 받으러 갔다가 로비에서 감쪽같이 없어졌다. 엄마를 잃어버리고 혼자 돌아온 아빠는 소년처럼 소리 내어 울었다. 할머니는 김치를 썰다가 '썩을 년'이라고 욕을 해댔다. 시뻘건 김칫국물이 사방으로 튀었다. 삼촌은 실종 신고를 해야 하는지 가출 신고를 해야 하는지 우왕좌왕했다. 나는 이 상황이 상자 속의 미인을 사라지게 하는 마술 같다고 생각했다.

엄마는 필리핀 사람이었고 아빠는 바닷가에 사는 일용직 노동자였다. 두 사람은 공장에서 찍어내는 곰 인형처럼 결혼했다. 할머니는 엄마를 '이천만 원'이라고 불렸다. 할머니는 엄마가 글을 배우는 걸 싫어했다. 공장이든 식당이든 일을 나가는 것도 마찬가지였다. 이천만 원은 고이 접어 장롱 깊숙한 곳에 숨겨야 안전하다고 생각하는 것 같았다.

학부모 총회가 있던 날이었다. 미술 시간에 이름표를 만들었다. 선생님은 부모님들이 책상을 쉽게 찾을 수 있도록 크고 예쁘게 만들라고 했다. 나는 김선희, 라고 매직펜으로 크게 쓴 다음 꽃과 왕관을 그려 넣고 헬로키티 스티커를 붙여 완성했다. 자주색 니트 원피스에 하얀색 스니커즈를 신은 엄마는 예뻤다. 주름이 생기기 시작한 친구 엄마들보다 소녀처럼 앳된 엄마가 자랑스럽기까지 했다. 나는 복도 창문을 통해 교실 안을 들여다보았다. 엄마는 내 자리를 찾지 못하고 교실을 두리번거렸다. 빈 책상에 앉았다가 책상 주인이 오면 큰 눈을 느리게 껌벅거리며 비켜주었다. 그날 알았다. 엄마는 내 이름조차 읽을 줄 몰랐다. 친구들은 엄마가 글을 읽지 못한다는 걸 알아채지 못했다. 다만 엄마가 필리핀 사람이라는 것은 알았다.

꿈을 꾸었다. 항공모함만큼이나 큰 버스가 세워져 있는 승차장 앞에 엄마가 서 있는 꿈이었다. 버스에 비하면 엄마는 딱정벌레나 배추흰나비 애벌레처럼 작아 보였다. 엄마가 목을 길게 빼고 도착지 지명을 읽으려고 했다. 글씨는 보일 듯 보이지 않았다. 까만 점이 점점 커지더니 지명이 선명하게 보였다. 우리 마을로 오는 버스였다. 엄마는 버스를 타지 않았다. 엄마 이 버스야 빨리 타, 라는 말이 목구멍에 걸려서 나오지 않았다. 나는 버스 정류장이 훤히 내려다보이는 미루나무 언덕에 서 있었는데 아무리 손을 흔들어도 엄마는 나를 보지 못했다. 버스는 빈 채로 떠났다. 엄마는 하염없이 승차장에 서 있었다. 내가 등대였다면 엄마에게 길을 가르쳐줄 수 있었을 텐데, 이런 생각을 하며 눈을 떴다.

어두컴컴한 새벽이었다. 베갯잇이 축축했다. 엄마가 할머니 몰래 한글을 가르쳐달라고 하는 걸 매정하게 거절했던 게 떠올랐다. 할머니는 내 옆에서 자고 있었다. 그 모습이 못 견디게 미웠다. 팔을 뻗어 할머니의 얼굴을 냅다 갈겼다. 그러고는 잠투정을 하는 것처럼 한쪽으로 굴러가서 눈을 꼭 감았다.

할머니가 미워서 반찬 투정을 했다. 흰 양말에 흙을 잔뜩 묻혔다. 수학 시험은 빵점을 받아 왔다. 할머니가 '사랑의 매'로 엉덩이를 사정없이 때렸다. 사랑의 매는 불국사로 현장학습을 갔다가 내가 사 온 것이었다. 3000원을 받고 할머니의 부탁을 들어주는 게 아니었다. 나는 울면서 할머니한테 죽어버리라고 악을 썼다. 할머니는 이천만 원 썩을 년이라고 욕을 했다.

할머니가 철 지난 두꺼운 이불을 정리하려고 장롱 문을 열었다.

"이기 무신 냄새고? 찌린내 아이가."

할머니는 코를 킁킁거리며 장롱 안을 이리저리 살폈다. 나는 방바닥에 흩어져 있는 스케치북과 크레파스를 넘어가며 소리쳤다.

"무신 냄새?"

할머니의 몸에서는 매운 연기 냄새가 떠나지 않았다. 안 씻어서 나는 냄새였다. 할머니는 씻는 걸 싫어했다. 목욕은 물론이고 양치와 세수하는 것도 귀찮아하는 것 같았다. 할머니 냄새가 강해서 장롱에서 난다는 '찌린내'가 맡아지지 않았다. 얼굴을 장롱 깊숙이 집어넣었다.

"야가 와 이카노."

할머니가 나를 옆으로 밀어냈다. 나는 심술이 나서 상체를 더 집어넣었다. 두 다리가 대롱대롱 들렸다.

"가시나가 와 이래 우악스럽노."

할머니가 등짝을 사정없이 후려쳤다. 나는 대번에 눈을 치켜떴다.

"아이고, 무서버라. 눈깔이 튀어나오겠다."

할머니가 머리를 쥐어박았다. 갑자기 눈물이 쏟아졌다.

"엄마 오면 다 이를 끼다."

"썩을 년 말도 꺼내지 마라. 새끼 버린 년은 에미도 아이다. 내 언제고 이랄 줄 알았다. 아프다는 것도 말짱 거짓부렁일 끼다."

"엄마 도망간 거 아이다. 길을 잃은 기다. 글자를 못 읽어가 집에 오는 버스를 못 타고 있단 말이다. 이게 다 할매 때문이다. 할매가 엄마 공부 못 하게 해가 이래 됐단 말이다."

"이놈의 가시나, 에미 부끄럽다고 학교도 오지 말라고 지랄 지랄 한 게 누고?"

"그라니까 와 엄마 공부 못 하게 했노?"

엄마가 사라지던 날 아침에도 있는 대로 짜증을 부렸다. 학교에서 받은 스트레스를 엄마한테 그대로 풀었다. 학교 가기 싫다. 엄마 때문에 맨날 친구들한테 놀림당하고. 엄마는 와 날 낳았노? 커다란 눈에 눈물을 대롱대롱 매단 엄마가 어떻게 하면 되겠냐고 물었다. 내 눈앞에서 사라져라. 그것이 엄마와의 마지막이었다.

나는 획 돌아서 방바닥에 깔린 이불을 뒤집어쓰고 누웠다.

"선희는 또 와 그라노?"

즉석 복권을 긁던 삼촌이 물었다. 종이를 구기는 소리가 요란한 것을 보니 이번에도 당첨되지 않은 것 같았다. 할머니가 장롱에서 이상한 냄새가 난다고, 아무래도 쥐 새끼가 사는 것 같다고 말했다. 할머니는 내가 울든 말든 관심도 없었다. 부아가 치밀어서 더 큰 소리로 울었다.

"시끄럽다마."

할머니가 소리를 질렀다.

"이기 뭐꼬? 선희 아배가 술 처먹고 사 온 망고라는 거 아이가."

삼촌이 다가가는 소리가 들렸다.

"썩었뿟네."

삼촌의 목소리였다. 이불 사이로 고개를 살짝 내밀었다. 거무죽죽하게 변한 망고에서 시커먼 물이 흐르고 있었다. 나는 이불을 푹 덮어썼다.

"삼베 이불이 죄다 이래 돼가 우야노. 이기 다 선희 짓이제?"

할머니가 이불을 젖혔다.

"아빠가 엄마 무라고 사 온 기다. 할매 무라고 사온 거 아이다."

나는 악을 쓰다가 방을 뛰쳐나왔다. 삼촌이 부르는 소리가 등 뒤에서 들렸지만 돌아보지도 대답하지도 않고 그대로 대문 밖으로 뛰어나갔다.

미루나무 언덕에 올라갔다. 바다와 마을과 논과

밭이 한눈에 들어왔다. 방파제 끝에 세워진 빨간 등대가 보였다. 방파제 길은 도로시가 옐로 로드를 따라 에메랄드 성을 찾아갈 때 걸었던 길과 비슷했다. 몇 년 전, 발전소에서 아름다운 지역 만들기 프로젝트를 개최하면서 벽화 공모전을 열었다. 20개가 넘는 팀이 마을 곳곳의 빈 벽에 그림을 그렸다. 버스 정류장에는 춤추는 고래 그림, 마을의 회색 담장에는 해산물을 한 아름 짊어진 해녀 그림, 허물어져가는 폐창고 벽에는 인어공주 그림. 우리 집 시멘트 담벼락에도 노란 호박이 주렁주렁 열린 벽화가 그려졌다. 그날이 어제저녁에 읽은 그림책처럼 눈에 선했다. 마을 부녀회에서는 벽화를 그리는 사람들을 위해 온종일 음식을 만들었다. 벽화를 보려고 관광객이 몰려들었다. 상인들은 허리 한번 펴지 못하고 일하면서도 입가에 미소가 떠나지 않았다. 마을 전체가 잔칫집처럼 북적댔다. 한동안 벽화마을로 소문이 나면서 관광객이 늘었다. 하지만 발전소 수명 연장이 본격적으로 논의되면서부터 관광객이 눈에 띄게 줄어들었다. 시간이 지나면서 벽화는 퇴색했고 더 이상 관광객이 찾지 않으면서 마을은 파산한 테마파크처럼 을씨년스러워졌다.

꼬불꼬불 굽어진 산길을 따라 버스가 오고 있었다. 한 시간에 한 대 시내에서 오는 버스였다. 버스는 정류장에 멈추지 않고 지나쳐 갔다. 나뭇가지를 들고 땅에 '네모마을'이라고 써보았다. 받침도 없고 소리 나는 대로 쓰면 되는 쉬운 글자다. 학부모 총회에 다녀온 엄마는 종합장에 긴선히, 라고 내 이름을 수백 번 썼다. 나는 엄마 앞에서 종합장을 찢고는 바보라고 소리쳤다. 나뭇가지로 내가 쓴 글자를 지그재그로 지웠다. 흙먼지가 폴폴 날렸다. 나는 나뭇가지를 던져버리고 미루나무 언덕을 내려왔다.

발전소를 향해 뛰어갔다. 아빠가 거기서 1인 시위를 하고 있었다. 무작정 엄마를 찾아 헤매던 아빠는 뒤늦게 경찰에 신고했다. 아빠는 실종 신고를 내려고 했는데 경찰이 가출 신고를 하라고 했다. 경찰은 집에서 조용히 기다리라고 했다. 그것으로 끝이었다. 그 일이 있고 난 뒤 아빠는 '발전소는 값싼 에너지를 안전하게 만드는 곳입니다. 깨끗하고 살기 좋은 네모마을로 이사 오세요'라는 플래카드를 들고 1인 시위를 하기 시작했다. 아빠는 오전 10시부터 시위를 시작해서 오후 5시가 되면 집으로 돌아왔다. 아빠를 제외한 주민들은 발전소에 이주 보상을 요구하며 천막 농성을 하고 있었다. 주민들은 아빠를 거머리 보듯 했다. 실제로 거머리 같은 새끼, 라고 욕하는 사람도 있었다. 발전소 관리자와 시청 담당자의 발길이 뜸해지면서 주민들의 공격이 아빠를 향하는 경우가 많았다. 할머니와 삼촌이 시위를 말려보았지만 소용이 없었다.

해수욕장과 맛집 때문에 사계절 내내 관광객들로 북적이던 마을은 유령도시처럼 비었다. 완공이 얼마 남지 않은 신축 빌라에는 유치권 행사라는 현수막이 걸렸고, 상가마다 점포 임대나 점포 매매 안내문이 붙었다. 4월 햇볕이 따가웠다. 나는 뒷덜미에 축축하게 배어나는 땀을 훑어 내렸다.

발전소 앞은 아수라장이었다. 욕설과 고성이 난무했다. 생수병과 캔을 집어 던지는 사람, 바닥에 앉아서 우는 사람도 있었다. 평소 같으면 양반다리를 하고 앉아 '삼중수소 무서워서 못 살겠다 발전소는 이주 대책 마련하라'라거나 '지가하락, 상권몰락 거지되는 주민들 발전소에서 책임져라'라고 외치던 주민들이 모두 일어나 한 사람을 둘러싸고 있었다. 시장이 왔을 때가 꼭 이랬다. 시장은 세 시간이나 주민들에게 둘러싸여 있었다. 아빠는 허수아비처럼 눈도 깜박거리지 않은 채 서 있었다. 백발인 노인이 반백인 아빠한테 소리쳤다.

"얼매나 받아 처묵고 이라노."

"……."

"우리끼리 이라무 안 된다 아이가."

"……."

"선희 엄마가 불쌍치도 않나?"

아빠가 대번에 발끈했다.

"선희 엄마가 와요?"

"몰라서 묻나. 선희 엄마 저거 때문에 아픈 거 아이가."

"아프기는 누가 아프다고 그라는교. 선희 엄마는 아픈 데 없꾸만. 나라에서 괜찮다고 하면 괜찮은 거지, 설마 발전소같이 큰 기업에서 거짓말하겠는교. 여 있는 사람들 다 발전소 때문에 먹고산 거 아닌교. 고맙다고 절은 못할망정, 물에 빠진 놈 건져났더니 보따리 내놓으라는 심뽀지."

"뭐라꼬? 니 말 다 했나?"

아빠를 둘러싸고 있던 사람들이 우르르 몰려들었다. 아빠는 장승처럼 서서 날아오는 주먹과 발길질을 그대로 받았다. 바보처럼 맞고만 있는 아빠가 미웠다. 아빠가 스파이더맨이나 배트맨처럼 힘이 세져서 사람들을 모두 쓰러트렸으면 좋겠다. 그래야 엄마가 갓 피어난 해바라기처럼 싱싱하다는 걸 증명할 수 있을 테니까. 엄마는 건강한 게 분명했다. 대학병원에 가서 정밀검사를 받아보라던 '우리의원'의 의사는 나이가 너무 많아서 의사라기보다는 치매에 걸린 노인에 가까워 보였다. 나는 다급하게 몸을 돌렸다. 빨리 집에 가서 삼촌을 불러와야 했다.

은아슈퍼 앞을 지날 때였다. 슈퍼에서 나오던 철민이 패거리를 맞닥트렸다. 나는 못 본 척 고개를 숙이고 뛰었다. 철민이 소리쳤다.

"야, 거기 안 서나."

더 빨리 뛰었다. 말발굽 소리보다 더 요란한 소리가 따라붙었다. 모퉁이만 돌면 집이었다. 가슴이 찌지직 찢어지는 소리를 들으며 달렸다. 철민이 내 후드티 모자를 잡아챘다. 나는 철민이의 손에서 빠져나오려고 발버둥 쳤다. 애초에 철민이를 이긴다는 건 불가능했다. 해보지 않아도 결과가 뻔한 일이 있다. 열 살짜리가 열세 살을 이길 수는 없는 것이다. 일개 시민이 발전소를 이길 수 없는 것처럼. 잡힐 걸 알면서도 도망가는 사람을 낙오자라고 하는지도 모르겠다. 나는 언제나 낙오자였다.

"와 도망가노? 니 내한테 죄짓나?"

나는 아무 말도 하지 않았다.

해수욕장 앞에 있는 공용 화장실로 끌려갔다. 방치된 지 오래된 화장실은 오물과 쓰레기로 넘쳐났다. 다들 코를 싸쥐고 욕을 했다. 철민이 수도꼭지를 틀었다. 지하수가 쏟아져 나왔다. 철민이 내 머리채를 잡고 수도꼭지에 입을 대게 했다. 지하수가 목구멍으로 흘러들었다. 입을 앙다물어도 소용없었다. 철민이 잡고 있던 머리채를 놓자 나는 손가락을 입에 넣고 물을 토해냈다. 헛구역질만 날 뿐 아무것도 나오지 않았다.

"그 꼬라지를 하고도 살고 싶나?"

"……."

"맨날 애들한테 맞고 놀림당하고 와 사노. 나 같으면 자살했다."

눈동자가 튀어나오도록 철민을 노려보았다. 할머니는 무섭다고 하고 엄마는 슬프다고 하던 바로 그 눈이었다.

"니 엄마 도망갔제?"

"아이다."

"바람나가 도망갔다고 소문 다 났는데 뭐가 아이고."

"니 동생은 죽을 끼다."

철민이 사색이 되었다. 철민이 동생 철진이는 나와 같은 반이었다. 철진이는 소처럼 온순한 아이였다. 나를 코시안이라고 놀리지 않는 유일한 친구였다.

"뭐라꼬?"

"철진이는 물 때문에 병든 게 아이다. 병들 운명이기 때문에 병든 기다. 그라고 가는 죽는 게 운명이다."

나는 벌떡 일어나 세면대로 갔다. 수도꼭지에 입

을 대고 물을 마셨다.

학교로 간호사들이 왔었다. 피를 뽑고 종이컵에 소변을 받아오라고 했다. 우리 몸이 건강한지 검사하는 거라고 했다. 며칠 후 선생님이 검사 결과를 알려주었다. 우리 몸에서 독성 물질이 나왔다고 했다. 그 물질은 자연에는 없는 것으로 화학적인 과정을 거쳐야만 생기는 것이었다. 이제부터는 지하수를 먹어서도 안 되고 해변에서 수영을 해서도 안 된다고 했다. 해변에 가자고 한 것도 수영하자고 한 것도 나였지만 철진이가 아프길 바란 건 아니었다. 철진이 지독한 몸살감기로 일주일이나 결석했을 때는 미안한 마음이 들기도 했다. 몸살감기로 입원한 철진이는 갑상선암 진단을 받았다.

수도꼭지에서 입을 떼고 일어서는데 몸이 휘청거렸다. 움직일 때마다 배에서 물이 출렁였다. 물을 너무 많이 마셔서인지 비위가 상해서인지 구역질이 났다. 나는 구역질을 하며 물을 게워냈다. 입에서 수도꼭지처럼 물이 쏟아져 나왔다. 패거리들이 소리를 지르며 도망쳤다. 철민이는 마지막까지 남아서 나를 노려보았다.

해변은 고물상 같았다. 캔과 페트병, 각종 과자 봉지, 유리 조각, 폐목재, 드럼통까지 있었다. 한때는 관광객으로 시끌벅적하던 곳이었다. 나는 사람들이 북적이는 해변이 좋아서 여름 내내 살다시피 했다. 그때 아버지의 주머니에는 지폐가 두둑했다. 평일에는 발전소 공사 현장에서 일했고, 주말에는 해변에서 맥주나 커피 등을 팔았고, 틈날 때마다 농사를 지었다. 부모가 부끄러운 줄 모르고 해변이 무서운 줄 모르던 시절이었다. 세상을 알아갈수록 나는 행복에서 멀어지고 있었다.

아빠가 이주 대책위에 들어갔으면 좋겠다. 발전소에서 우리 집과 땅을 매입해주면 당장 도시로 떠날 수 있을 텐데. 울산이나 대구, 부산 같은 큰 도시로 이사를 하면 아무도 날 놀리지 못할 것이다. 엄마가 필리핀 사람이라는 것, 아버지가 일용직 노동자라는 것, 할머니가 욕쟁이에다 죽어라 하고 안 씻는다는 것, 삼촌이 백수라는 걸 아무도 모를 테니까.

해변에 쪼그리고 앉아서 두꺼비 집을 만들었다. 대책위 사람들한테 맞던 아빠의 얼굴이 떠올랐다. 삼촌을 데리러 갈 생각은 더는 들지 않았다. 사람마다 견뎌야 하는 삶의 무게라는 게 있는 것 같다. 그건 누구도 도와줄 수 없는 것이다. 그것을 알기 때문에 나도 혼자서 견뎌왔다. 어차피 어른들은 자신들이 해결해줄 수 없는 일을 아이들이 만드는 걸 싫어하는 족속들이다. 우리의원의 의사만 해도 그렇다. 목이 아파요, 라고 하면 요즘 감기가 유행이다, 라면서 약을 지어주었다. 3일 후 병원에 가서 콧물도 나와요, 라고 하면 코약도 같이 넣어주마, 라고 했다. 3일 후 병원에 가서 아직도 아파요, 라고 하면 뜨거운 물을 많이 먹고 푹 쉬어라, 라고 했다. 3일 후에 병원에 가서 조금도 낫지 않았어요, 라고 하면 감기가 그렇게 쉽게 낫니?라며 화를 냈다. 선생님도 다르지 않았다. 처음에는 내 말을 들어주는 척하지만 결국에는 모든 문제는 내게 있다고 결론을 내렸다. 1학년 때 담임은 아이 같지 않은 내가 징그럽다고 했다. 그들은 조금도 어른처럼 보이지 않았다. 어른이 어른 같지 않은데 아이가 아이답지 않다고 문젯거리가 될 수는 없었다.

아프기 전 철진이와는 곧잘 두꺼비 집을 만들고 놀았다. 내가 동그란 두꺼비 집을 만들면 철진이는 조개며 돌이며 과자 봉지로 두꺼비 집을 예쁘게 꾸몄다. 두꺼비 집 만들기가 지겨워지면 수영을 했다. 모래찜질도 재미없어지면 등대 놀이를 했다. 등대인 사람이 팔을 움직이면 배인 사람이 따라 움직이는 놀이였다. 우리는 서로 등대를 하겠다고 다투었다. 등대의 신호가 엉망이 될수록 배가 우왕좌왕하다 넘어지는 모습이 웃겼기 때문이다.

두꺼비 집 만들기가 시시했다. 혼자서 만들기 때

문이었다. 철진이, 엄마, 관광객들이 사라진 해변이 한없이 쓸쓸했다. 지구에 나만 남겨진 기분이었다. 코가 매콤하면서 눈물이 나올 것 같았다. 〈산토끼〉를 거꾸로 부르기 시작했다.

끼토산 야끼토 를디어 냐느가 충깡충깡 서면뛰 를디어 냐느가.

〈산토끼〉를 거꾸로 부르면 거짓말처럼 눈물이 들어간다고 말해준 사람은 철진이였다. 괴롭히는 애들 앞에서 눈물을 흘리면 안 된다고 말해준 사람은 엄마였다. 등 뒤에서 사람들이 수군거릴 때마다 엄마도 눈물을 참았을까. 엄마가 돌아오면 눈물 참는 비법을 가르쳐주리라 다짐하며 반복해서 〈산토끼〉를 거꾸로 불렀다.

"선희야, 이놈의 가시나 니 거서 뭐 하노. 바닷가에서 놀지 말라고 안 캤나. 빨랑 나온나."

할머니가 손을 저으며 소리쳤다. 할머니 뒤로 무덤의 봉분처럼 시멘트로 지어진 반구형의 지붕 여섯 개가 보였다. 지붕에서는 눈에 보이지 않지만 사람을 병들게 하는 나쁜 물질이 나온다고 했다. 아빠가 만든 지붕이었다. 지붕이 위험하다는 걸 모를 때의 일이었다. 아빠는 30년 넘게 지붕 만드는 일을 해서 삼촌을 공부시키고 할머니를 먹여 살리고 엄마와 결혼했다. 할머니가 빨리 오라고 다시 소리를 질렀다. 나는 뛰어가다가 뒤를 돌아보았다. 해변은 텅 비어 있었다. 파도가 두꺼비 집을 한꺼번에 쓸어가버렸다. 모래사장은 다림질이 잘된 와이셔츠 깃처럼 펴져 있었다.

아빠가 병원으로 옮겨졌다. 의사는 입원해서 정밀검사를 받아야 한다고 했고 아빠는 집에 가겠다고 고집을 피웠다. 아빠는 그날 밤늦게 집으로 돌아왔다. 일주일 치 진통제와 함께였다. 아빠의 몸이 잘 익은 오디처럼 시커멓게 변했다. 할머니는 농성장에 찾아가 욕을 한바탕 퍼붓고 돌아왔다. 삼촌은 고소장을 들고 농성장을 찾았다. 아빠의 등골을 뽑아먹으면서 사법고시 공부를 한 것이 이렇게 쓰일 줄은 몰랐다고 할머니가 말했다.

"형님, 우리도 이주 대책위에 들어갑시다. 수명이 다 된 발전기를 재가동한다는데 이게 말이나 되는 소립니까. 오늘 고소장 들고 대책위에 갔다가 환경단체에서 활동하는 선배를 만났어요. 선배 얘기 들어보니까, 이 새끼들이 재가동 승인을 날치기로 했다는 거예요."

삼촌은 서울말을 쓰고 있었다. 서울 말씨를 쓰는 삼촌이 낯설어 자꾸만 얼굴을 훔쳐보았다. 삼촌이 이렇게 길게 말한 건 고시촌에서 여행용 가방과 함께

끌려온 이후 처음이었다. 삼촌은 늘 삼색 줄이 들어
간 파란색 추리닝을 교복처럼 입고 있었다. 아빠의
눈을 피해 할머니한테 엄마, 돈 좀 있나?라고 말했다
가 국자나 빗자루로 등짝을 얻어맞았다. 엄마가 가끔
아빠와 할머니의 눈을 피해 5000원이나 만 원을 삼촌
손에 쥐여주었다. 그때의 삼촌과 지금의 삼촌이 같
은 사람으로 보이지 않았다. 양복 때문인지는 모르겠
지만 삼촌은 변호사처럼 보였다. 안경다리 아래로 흰
머리가 소복했다. 삼촌도 마흔이 훌쩍 넘은 중년이었
다.

"듣기 싫타마. 발전소는 아무 잘못 없다."

아빠는 벽을 보고 돌아누웠다.

삼촌은 매일 아침 양복을 차려입고 농성장으로 출
근했다. 사법고시를 공부할 때처럼 책상에 책들이 쌓
여갔다. 대책위에서 중요한 자리를 맡은 것 같았다.
농성장에 가보면 삼촌은 사람들에게 둘러싸여 열변
을 토하는 경우가 많았다. 사람들은 삼촌의 입을 자
판기 구멍 보듯 올려다보았다.

피멍이 사라졌는데도 아빠는 일어나지 못하고 누
워서 지냈다. 말수가 눈에 띄게 줄었고 잘 먹지도 않
았다. 그저 밤낮없이 잠만 잤다.

아이들이 사라졌다. 열 개의 인디언 인형이 사라

지듯 한 명씩 사라져갔다. 발전소 사택에 살던 아이들이 가장 먼저 떠났다. 돈이 있는 집은 가족이 전부 이사했고 그렇지 않은 집에서는 아이들만 떠났다.

점심시간에 그림을 그리고 있었다. 나는 틈날 때마다 한글카드를 만들었다. 스케치북을 6등분으로 나눠서 위에는 그림을 그리고 아래에는 한글을 썼다. 노란 망고를 그리고 밑에 망고, 라고 한글로 쓰고 있을 때 남자애가 시비를 걸어왔다.

"깜둥이, 좋은 말로 할 때 필리핀 가라."

까무잡잡한 피부를 보고 아이들은 나를 깜둥이라고 놀렸다. 그럴 때면 난 무식하게 흑인 본 적도 없나? 필리핀은 동남아다, 라고 맞받아쳤다.

"니가 가라 필리핀."

나는 유명한 영화의 대사를 흉내 내면서 가운뎃손가락을 치켜올렸다. 아이들이 큰 소리로 웃었다.

"가시나가 죽고 싶나."

얼굴이 벌게진 남자애가 멱살을 잡았다. 마침 교실에 들어온 철민이 멱살을 잡은 남자애를 냅다 걷어찼다.

"누꼬?"

눈을 부라리던 남자애가 철민을 보더니 아무 말도 못 하고 옆으로 비켰다. 교실에 남아 있던 몇 안 되는 아이들도 슬금슬금 자리를 피했다. 어느새 교실에는 철민과 나만 남았다. 철민은 화가 나는 일이 있을 때마다 찾아와서 나를 때렸다. 배를 차거나 머리채를 잡았다. 나는 온몸을 팽팽하게 긴장시켰다. 철민이 손을 대는 순간, 바로 덤벼들 태세를 취했다.

"내 이사 간다."

냅다 귀싸대기를 한 대 맞은 것처럼 정신이 멍해졌다. 불길한 예감이 스쳤다. 나는 겁에 질려서 철민이를 빤히 쳐다보았다. 죽었나?라고는 차마 물어볼 수 없었다.

"안 죽었다. 수술 엄청 잘됐다 카더라. 이제 항암 치료만 잘 받으면 우리 철진이 건강해질 끼다."

〈산토끼〉를 거꾸로 불렀다. 눈물 한 방울이 툭, 실내화에 떨어졌다.

"니 내가 하는 말 잘 들어라. 우리 철진이 잘못되면 내가 니 죽일 끼다. 그라니까 매일 기도해라. 우리 철진이 건강해지라고. 알겠나?"

철진이가 아픈 건 나하고는 상관없다, 라고 속으로 생각했다. 철민이 한 톤 더 크게 말했다.

"알겠나?"

"……."

"가시나야, 대답해라. 알겠나?"

"거짓말! 우리 아빠가 그랬다. 대책위에서 하는 말은 다 빨갱이들이 하는 거짓말이라고. 우리 할매는 여서 80년을 살았는데 멀쩡하다. 우리 아빠는 발전소에서 30년 넘게 일했는데 아무치도 않다. 발전소 때문에 암에 걸렸다는 건 다 거짓말이다."

철민이네 가족은 집과 횟집을 버리고 이사했다. 집 대문에는 커다란 자물쇠가 채워졌다. 횟집 출입문에는 쇠사슬이 칭칭 감겼다. 횟집 앞 수족관 속에는 알록달록한 과자 봉지가 수북했다. 횟집 안을 들여다보았다. 테이블과 의자, 냉장고 등이 어둠 속에 방치되어 있었다. 그 어둠 뒤편에 철진이 웅크리고 있을 것만 같았다. 철진아. 작게 불러보았다. 멀리서 와? 하고 대답하는 소리가 들리는 듯했다. 나는 그렇게 오래오래 횟집 앞에 서 있었다.

미루나무 언덕에 올라갔다. 시내에서 오는 버스가 보였다. 나는 눈도 깜박이지 않고 버스를 노려보았다. 버스가 정류장에 멈춰 섰다. 중절모를 쓰고 지팡이를 짚은 할아버지가 혼자 내렸다. 버스는 빠르게 지나갔다.

엄마를 닮은 사람을 봤다는 사람이 나타났다. 옆집에 혼자 살다가 얼마 전에 서울 아들네 집으로 살러 간 할머니였다. 옆집 할머니는 아들 내외와 모란시장으로 놀러 갔다가 엄마를 닮은 여자를 봤다고 했다. 엄마를 닮은 여자는 망고를 사고 있었다. 옆집 할머니가 선희 에미야?라고 불렀다. 엄마를 닮은 여자가 옆집 할머니를 힐끗 보더니 그냥 가버렸다고 했다. 엄마 소식을 들은 아빠는 자리에서 일어나 엄마를 찾아오겠다는 말을 남기고 집을 나갔다. 그날부터 나는 미루나무 언덕에 올라와서 시내에서 오는 버스를 기다렸다.

하늘을 보고 누웠다. 강한 햇살이 눈을 찔렀다. 눈이 부셔 미루나무 그늘에 몸을 숨겼다. 30미터가 넘는 미루나무 사이로 햇빛이 부서지듯 쏟아져 내렸다. 내 이름은 태양에서 따왔다고 아빠가 말했다. 그러면서 세상을 밝히는 사람이 되라고 했다. 아빠는 몰랐다. 사막의 태양이 얼마나 뜨거운지를.

선희야, 라고 부르는 소리가 들렸다. 처음에는 멀리서 들리다가 점점 가까워졌다. 삼촌의 얼굴이 어슴푸레 보였다. 깜박 잠이 들었던 모양이었다.

"학교는 와 안 갔노?"

이틀 전부터 학교에 가지 않았다.

"꿈에 자꾸 엄마가 보인다."

"엄마 많이 보고 싶제. 엄마는 아빠가 꼭 찾아올 거니까 걱정하지 말고 내일부터 학교 가자. 삼촌이 데려다줄게."

양복을 입고 대책위원회를 들락거리면서 삼촌은 완전히 변했다. 예전 같으면 꿀밤을 먹이면서 돈 있냐고 물었을 것이다. 1000원짜리 한 장이면 결석을 눈감아줬을 텐데. 삼촌은 이제 어른이 된 걸까? 마흔이 넘어서 어른이 되는 사람이 있다면, 열 살이 되기 전에 어른이 되는 사람도 있는 것이다.

"엄마는 안 올 끼다."

"그기 무신 소리고?"

"……."

나는 이로 입술을 자근자근 씹었다. 삼촌은 담배를 꺼내더니 불을 붙였다. 엄마가 사라지면서 돈을 주는 사람이 없는데 어디서 돈이 생겨 담배를 산 걸까.

"선희야, 저기 등대 보이제?"

삼촌이 옐로 로드 끝에 있는 빨간색 등대를 가리켰다.

"등대가 뭐 하는 건지 아나?"

나는 고개를 끄덕였다.

"니캉 내캉 우리 마을에서 제일 높은 미루나무에 등대를 만들자. 엄마가 등대를 보고 집 찾아올 끼다."

미루나무가 크다고 해도 산에 비하면 아무것도 아니다. 산이 없다고 해도 몇십 킬로미터 떨어진 곳에서 미루나무 등대가 보일 리 없다. 아무래도 삼촌은 나를 바보라고 생각하는 것 같았다.

"종이컵하고 초하고 챙겨서 9시까지 나온나. 삼촌은 일 마치는 대로 올게."

언덕을 내려가는 삼촌의 뒷모습을 바라보았다. 내 손에는 만 원짜리 한 장이 쥐어져 있었다. 삼촌이 준 첫 용돈이었다.

매년 여름, 해수욕장 개장 날이면 발전소에서 주민 노래자랑을 열어주었다. 노래자랑 날이면 많은 사람이 해변으로 모여들었다. 해변에는 특설 무대가 세워졌다. 냉장고, 세탁기, 세제 등의 상품이 1등상, 2등상, 참가상이라는 이름표를 달고 트럭에 실려 왔다. 천막 안에는 술과 음료와 먹을거리가 풍성하게 차려졌다. 이벤트 회사에서 나온 사회자는 간단한 게임을 해서 분위기를 띄웠다. 해가 떨어지고 주위가 칠흑처럼 어두워지면 무대에 조명이 들어왔다. 노래자랑의 시작을 알리는 팡파르가 울려 퍼졌다. 흥에 겨운 노인들은 벌써 춤을 추기 시작했다. 그런 날들이 있었다.

상인들은 올해 해수욕장 개장을 포기했다. 발전소는 예년처럼 주민 노래자랑을 열기로 했다. 마을 곳곳에 노래자랑을 홍보하는 현수막이 걸렸다. 현수막은 흉측하게 찢어져 바람이 불 때마다 휘파람 소리를 냈다. 발전소에서는 예년과 달리 상품이 아닌 상금을 내걸었다. 가수를 초청하고 악단까지 부른다는 소문이 돌았다.

은아슈퍼에서 종이컵과 초를 샀다. 라이터는 주머니에 있었다. 콜라도 한 병 샀다. 삼촌이 준 만 원을 주인에게 건넸다. 주인이 6500원을 거슬러 주었다. 콜라를 마시면서 해변을 향해 걸었다. 할머니는 휴지를 받겠다고 이른 저녁을 먹고 해변으로 나갔다. 발전소에서 30개들이 두루마리 휴지를 참석하는 사람마다 한 개씩 주겠다고 홍보를 했다. 할머니는 늦기 전에 해변으로 나오라고 신신당부했다.

무대에서는 노래자랑이 한창이었다. 주민 노래자랑인데 아는 얼굴이 한 명도 없었다. 발전소 직원과 그 가족이 대부분이라고 했다. 무대 옆으로 두루마리 휴지가 산을 이루고 있었다. 할머니를 비롯해 몇십 명의 주민들이 관람석에 앉아 있었다. 대책위 사람들이 근처에 앉아서 농성하고 있었다. 구호 외치는 소리는 노랫소리에 묻혀 들리지 않았다. 삼촌이 부랴부랴 마이크와 확성기를 구해 왔다. 삼촌은 확성기에 대고 목이 터져라 구호를 외쳤다. 노랫소리와 구호가 뒤섞이며 이상한 소음이 만들어졌다. 할머니가 나를 보고 손짓했다. 여기 앉으라는 듯이 의자를 손으로 두드렸다. 나는 콜라를 마저 마셨다. 빈 캔을 백사장에 버리고 몸을 돌렸다.

미루나무는 불에 타서 시커먼 재만 남은 것 같았다. 태양이 있던 자리에 달이 떠 있었다. 보름달이었다. 한낮의 태양은 눈이 부셔 쳐다보기도 힘든데 달은 은은한 게 참 예뻤다. 엄마도 저 달을 보고 있겠지. 달에 하고 싶은 말을 적을 수 있다면, 그래서 엄마가 그 편지를 읽을 수 있다면 돌아올까? 엄마는 글을 읽지 못하니까 그림으로 그려야겠다. 태양이 아닌 달에서 이름을 따왔더라면 좋았을 것을, 아쉬움이 남았다.

종이컵에 구멍을 내고 초를 끼운 다음 불을 붙였다. 주위가 환해졌다. 종이컵을 높이 들었다. 내가 등대가 되었으면 좋겠다고 생각했다. 엄마가 돌아오면 미루나무에 수백 개 아니, 수만 개의 촛불을 달아서 미루나무 등대를 만들 것이다. 철진이와 철민이가, 옆집 할머니가, 그리고 마을을 떠난 모든 사람이 우리 마을을 잊지 않고 돌아올 수 있도록, 달보다 환하게 등대를 밝히고 싶었다. 나는 촛불을 더 높이 치켜들었다.

가시 여인

몸에서 가시가 자라요.

여자는 무심히 말했다. 남자는 멀거니 여자를 쳐
다보았다. 전에 없이 차분한 눈빛이었다. 남자는 숯
불에서 튀는 불똥처럼 예측하기 어려운 사람이었다.
남자는 믿지 않았지만 여자의 손에서는 정말 가시가
자라고 있었다. 여자는 손바닥으로 뺨을 가만히 쓸
어보았다. 육안으로는 보이지 않는 뭔가가 느껴졌다.
밤송이보다 부드럽고 깃털보다는 억셌다. 그것 때문
에 여자는 직장을 잃었다. 피부 관리사의 손은 무엇
으로도 대체할 수 없는 연장이었다. 고객들은 여자의
손이 닿기만 해도 따갑다고 소리쳤다. 여자는 해고되

었다는 사실을 남자에게 한동안 말하지 않기로 했다. 직장을 빨리 구한다면 굳이 말할 필요도 없었다.

여자는 말라비틀어진 장미 화분에 물을 부었다. 그득하게 고인 물이 천천히 흡수되었다. 남자는 화분을 내다 버리라고 했지만 여자는 그러지 못했다. 아빠의 장례식장 마당에서 뽑아 온 장미였다. 비가 억수같이 퍼붓던 날이었다. 아빠의 매질을 견디지 못한 엄마는 여자를 데리고 집을 뛰쳐나왔다. 아빠는 혼자가 된 지 1년을 넘기지 못하고 술병으로 죽었다. 여자는 저금통을 털어서 백색 도자기 화분을 샀다. 초등학생이었던 여자가 들어갈 만큼 큰 화분이었다. 엄마는 무슨 화분이 그렇게 크냐고 한마디 했다. 여자는 정성을 다해 장미를 키웠다. 유난히 장마가 길었던 어느 해 여름, 장미는 말라 죽고 말았다.

앗, 따가워.

여자는 가시에 찔린 손을 입에 넣고 빨았다. 죽은 줄 알았던 장미에 가시가 돋아났다. 좁쌀만 한 연두색 새싹도 자라고 있었다.

여자는 남자의 코에 귀를 갖다 댔다. 숨소리가 규칙적으로 들려왔다. 남자는 길고양이 같았다. 밥을 먹거나 잠을 자러 집에 들락거렸다. 몇 주 혹은 한 달씩 집을 비우기도 했다. 오랜만에 들어온 남자는 쥐 죽은 듯 내처 잤다. 여자는 소리 나지 않게 부엌으로 갔다. 남자가 일어나면 먹을 수 있도록 닭가슴살과 야채를 넣고 죽을 끓일 생각이었다.

찜질방에 입점한 마사지숍에 면접을 보러 갔다. 사장은 여자를 훑어보았다. 개미나 벼룩이 기어 다니는 것처럼 팔이 근질거렸다. 여자는 사장의 눈을 피해 스웨터에 손을 넣고 팔을 긁었다. 사장은 방금 전에 직원을 뽑았다고 말했다.

여자는 돌아오는 길에 동태를 한 마리 샀다. 무와 미더덕을 듬뿍 넣고 탕을 끓일 생각이었다. 동태탕은 남자가 좋아하는 음식이었다. 남자는 여러 날 집에 머물렀다. 즉석 복권을 긁거나 텔레비전을 보거나 잠을 잤다. 간간이 아령을 들고 운동도 했다. 남자는 식욕이 왕성했다. 189센티미터의 키에 150킬로그램에 육박하는 몸을 유지하려면 그럴 수밖에 없었다. 남자는 허기지면 난폭해졌다. 여자는 남자에게 할 말이 있었다. 일단 배부르게 먹여놓아야 했다. 대화는 그다음 문제였다. 아파트 앞 상가에서 소주 두 병을 샀다.

저녁을 짜게 먹은 것도 아닌데 여자는 목이 바짝바짝 타들어갔다. 최근 들어 전에 없이 갈증이 심해졌다. 제때 물을 마시지 않으면 기운이 빠져서 아무 일도 할 수 없었다. 이상하게 물을 마실수록 갈증이 심해졌다. 여자는 냉장고에서 냉수를 꺼내 마셨다.

집 빼래요.

누가?

주인이요.

텔레비전을 켜놓은 채 즉석 복권을 긁던 남자가 눈을 치켜떴다. 반주로 마신 술기운이 올라 목이 시뻘겠다. 시세보다 전세가 쌌던 건 아파트가 재건축 사업 논의 중이었기 때문이었다. 재건축이 확정되면 무조건 집을 빼는 것이 계약 조건이었다. 쉬이 진행될 줄 알았던 재건축은 3년여를 끌었다. 여자는 재건축이 영영 되지 않을 줄 알았다. 내 집처럼 쓸고 닦았다. 낡은 신발장은 하늘색 페인트로 칠했고 곰팡이가 핀 싱크대는 인테리어 시트지를 발랐다. 고장 난 샤워기나 콘센트는 직접 갈았다. 조합장이 바뀌자마자 시공사가 정해졌다. 주인은 아파트를 비워달라고 통보해왔다. 몇 년 사이 전세가는 천정부지로 치솟았다. 빌라 반지하로 옮기려 해도 돈 1000만 원은 더 있어야 했다.

그래서?

남자의 목소리는 덩치에 어울리지 않게 가늘었다. 남자는 화가 날수록 목소리가 차분해졌다. 반대로 몸은 쉽게 흥분해서 단단해졌다. 남자의 목소리가 지나치게 낮아서 여자는 입을 다물었다. 맡겨놓은 월급

통장을 달라는 말도 꺼내지 못했다. 이사 갈 집은 내가 구해볼게요, 라고 말했다. 말은 했지만 여자는 돈을 구할 곳이 없었다. 더 싼 방을 찾아야 했다. 여자는 한 번도 남자를 원망하지 않았다. 여자의 엄마가 그랬던 것처럼 곁에 있어주는 것으로 충분했다. 여자가 포기하지 못하는 것도 있었다. 여자는 엄마가 되고 싶었다.

때려줘요.

여자가 옷을 벗으며 말했다. 남자는 여자의 뺨을 때리지 않았다. 옷을 거칠게 벗기지 않았고 습관적으로 하던 욕마저 없었다. 여자를 쳐다보기만 했다. 여자는 남자가 낯설었다. 그래서 평소와 달리 주저리주저리 말을 늘어놓았다.

조합원 분담금이 1억이래요. 그 돈을 내고 아파트에 남을 사람이 얼마나 되겠어요. 아직 살 만한데 왜 재건축을 하는지 모르겠어요.

너는 내가 끔찍하지도 않니?

여자는 남자의 말뜻을 이해하지 못하고 눈만 끔뻑거렸다.

남자는 바닷가 온천 호텔 지하에 있는 나이트클럽의 관리인이었다. 여자는 엄마의 유해를 그곳 바닷가에 뿌렸다. 평일 저녁, 여자는 무언가에 이끌리듯 나이트클럽에 들어갔다.

당신 내가 아는 사람을 닮았어.

메뉴판을 건네며 남자가 말을 걸었다. 여자는 대꾸하지 않고 맥주를 시켰다. 손님은 여자뿐이었다. 사이키 조명이 켜지고 댄스곡이 흘러나왔다. 볼륨이 최고로 높아졌다. 남자는 과일 안주와 함께 서비스로 화채를 내왔다.

쥐약을 먹고 자살한 우리 엄마를 닮았다고.

여자는 화장실을 갔다. 거울에 얼굴이 비쳤다. 이제 갓 서른이 넘은 여자는 마흔처럼 보였다. 비쩍 마른 얼굴에 광대가 불거졌다. 광대 주변으로 기미가 넓게 퍼져 있었다. 불만이 가득한 듯 입술은 앙다물어졌다. 머리카락은 윤기 없이 푸석거렸으며 정수리에 머리숱도 적었다. 뜬금없이 눈물이 떨어졌다. 여자는 손가락에 묻은 눈물을 빤히 쳐다보았다.

남자가 여자를 찾아 서울에 올라왔다. 여자는 현관문을 열어주지 않았다. 남자는 있는 대로 행패를 부렸다. 참다못한 여자가 문을 열었다. 남자는 여자의 얼굴을 사정없이 후려쳤다. 여자의 몸에서 낙엽이 바스러지는 소리가 났다. 남자는 몸서리치고 있는 여자 앞에 무릎을 꿇고 구애를 했다. 여자는 불빛을 보고 몰려드는 하루살이처럼 막무가내로 덤비는 남자가 무서웠다. 한편으로는 뜨겁게 구애하는 남자가 싫지만은 않았다.

윤희야, 윤희야, 윤희야.

남자는 술에 취해 여자를 불렀다. 여자는 밤새워 자신의 이름을 부르는 남자가 측은해 보였다.

내가 그렇게 싫으니?

남자가 쓸쓸하게 물었다.

평생 내 이름 불러줄 수 있어요? 우리 엄마처럼.

남자는 고개를 크게 끄덕였다.

남자는 아기를 원하지 않았다. 자신을 닮은 인간을 세상에 내놓는 걸 죄악이라고 여겼다.

때려줘요. 당신한테 맞아 죽고 싶어요.

여자는 애처롭게 남자를 올려다보았다. 남자가 세상의 전부인 것처럼 그렇게 애타게. 한 번만 더 윤희야, 하고 불러주길 바랐다. 남자는 허리춤에서 혁대를 풀면서 중얼거렸다.

너란 여자 정말이지 질린다.

여자는 남자에게 길들여졌다. 남자의 폭력이 사랑이라고 생각했다. 사랑하기 때문에 견딜 수 있었다. 남자가 아닌 다른 사람을 만났더라면 어땠을까. 여자는 생각했다. 여자는 견디지 못했을 것이다. 제아무리 단단한 심장이라도 벼리지 않으면 말랑해질 수밖에 없다. 여자는 눈을 감았다. 아무것도 느끼고 싶지 않았다. 아픔도 고통도 괴로움도 절망도 사랑도 희망도 따뜻함도 배려도 그 어떤 감정도 갖고 싶지 않았다. 심장이 나무토막처럼 딱딱해지게 해달라고 죽은 엄마에게 기도했다.

혁대를 휘두르는 남자는 곰 같았다. 남자를 방에 가두고 100일 동안 마늘과 쑥만 먹이면 사람이 될까? 여자는 남자가 사람이 아니래도 상관없었다. 여자는 숨소리조차 크게 내지 않았다. 고통을 참으려고 양을 거꾸로 셌다.

100, 99, 98, 97……

비명이 터져 나올 것 같았다. 여자는 입을 틀어막았다. 아기를 상상했다. 자신의 피와 살을 고스란히 물려받은 심장이 뜨거운 아기를. 여자는 거실 바닥에 엎드렸다. 얇고 딱딱한 장판은 균열이 심했다. 장판이 떨어져 나간 부분은 까맣게 입을 벌린 콘센트 구멍처럼 음흉해 보였다. 손톱을 세워 갈라진 장판에 발라놓은 테이프를 긁었다. 테이프 끝이 만져졌다. 테이프를 잡아당겼다. 찌이익, 소리를 내며 테이프가 떨어졌다. 속이 시원했다. 여자는 테이프 떼기에 혈안이 되었다. 이제 얼마 남지 않았다. 이 고통 끝에 안락함이 찾아올 것이다.

남자는 욕실에 들어갔다. 여자는 천장을 보고 누웠다. 말간 눈으로 형광등을 바라보았다. 몸이 점점 더 뜨거워졌다. 흠씬 두들겨 맞은 날은 잠이 잘 왔다. 먹지 않아도 배가 불렀다. 몸이 녹지근했다. 여자는 곧 깊은 잠에 빠져들었다.

　화분에 물을 주었다. 장미는 물만 먹고도 잘 자랐
다. 푸른 잎사귀가 제법 볼만했다. 여자는 화분에 손
을 넣고 흙을 뒤졌다. 흙이 모래처럼 부서졌다. 장미
가 뿌리째 뽑혀 나왔다. 여자는 장미를 다시 화분에
심었다. 시장에 가면 노란색 식물영양제를 한 통 사
야겠다고 결심했다. 제대로 꽃을 피우려면 물과 햇볕
만으로는 부족할 것이다.

　팔이 가려웠다. 배도 가려웠다. 등이 가렵고 다리
가 가려워서 견딜 수가 없었다. 벌레가 기어 다니는
것처럼 근질거리던 것이 종기가 아물 때처럼 견딜
수 없이 가려웠다. 여자는 마구 긁었다. 날카롭고 뾰
족한 것에 찔렸다. 여자는 옷을 들추었다. 몸에서 굵
은 가시가 돋아나고 있었다. 여자는 붉을 꽃을 주렁
주렁 달고 있는 거대한 장미나무가 되는 꿈을 자주
꾸었다. 그 이미지가 너무 선명해서 꿈인지 상상인지
환각인지 모호했다. 여자는 꿈에서처럼 장미가 되려
는지도 몰랐다.

　손에 가시가 돋아난 피부 관리사를 원하는 마사지
숍은 없었다. 여자는 마트에 일자리를 얻었다. 유기
농 두부 시식 코너에서 일하게 되었다. 적당히 자른
두부에 달걀옷을 입혀서 노릇하게 구워냈다. 고객이

두부를 사겠다고 하면 비닐봉투에 두부를 한 모씩 담아주면 되었다. 여자가 두부를 담으려고 하면 두부가 죄다 뭉개졌다. 가시 때문이었다. 여자는 뒤집개를 이용해서 두부를 비닐에 담았다. 비닐에서 물이 샜다. 가시가 비닐에 구멍을 냈기 때문이었다. 여자는 반나절 만에 감자, 당근 코너로 밀려났다. 고객이 감자나 당근을 담아 오면 저울에 올려놓고 가격표를 붙여주는 일이었다. 저녁 시간이 가까워지면서 마트에 사람이 부쩍 늘었다. 여자는 감자 박스를 카트에 싣고 와서 가판대에 풀었다. 몸은 고됐지만 두부를 팔 때보다 마음은 편했다. 고객이 감자 박스가 담긴 카트를 치고 지나가다가 손가락이 끼었다. 고객은 여자에게 화를 냈다. 카트를 왜 여기에 놓았냐는 것이다. 여자는 고객을 빤히 쳐다보았다. 고객은 여자의 태도를 문제 삼았다. 직원 교육, 피해보상, 인터넷 등의 단어가 폭죽 터지듯이 쏟아져 나왔다. 목소리가 큰 고객의 말이 진실처럼 들렸다. 여자는 자신이 무엇을 잘못했는지 몰랐다. 어릴 때부터 그랬다. 낯설거나 당황하거나 무서우면 말을 못했다. 입을 다물고 상대를 쳐다만 봤다. 여자는 거만하고 예의 없는 사람이라고 쉽게 오해받았다. 매장 관리자가 나와서 고객에게 사과하라고 소리쳤다. 죄송하다는 말이 입 속에서만 맴돌 뿐 밖으로 나오지 않았다. 말문이 막힌

것 같았다. 여자는 자신의 가슴을 쳤다. 고객은 그걸 또 꼬투리 잡았다. 고객이 여자의 가슴팍을 밀쳤다. 여자는 뒤로 넘어지지 않으려고 고객의 옷을 잡았다. 고객의 스웨터가 가시에 걸려서 헝클어졌다. 여자가 고객의 옷을 일부러 망쳐놓은 것처럼 보였다. 여자는 하루 만에 마트에서 잘렸다.

여자의 얼굴은 가시에 긁혀서 엉망이 되었다. 자다가 얼굴을 긁은 모양이었다. 여자의 얼굴을 보고 남자는 병원이라도 가보라고 짜증을 냈다. 환절기라 피부가 예민해진 거라고, 연고를 바르면 좋아질 거라고 여자는 말했다. 남자는 여자의 말을 듣고 있지 않았다. 한동안 전화 통화를 하더니 외투를 집어 들고 집을 나섰다. 남자의 뒷모습이 오늘따라 서운했다.

일자리는 쉽게 잡히지 않았다. 불경기이기도 했지만 흉측하게 변해가는 여자의 얼굴도 한몫했다. 당장 생계가 막막했다. 남자는 집에 들어오지 않았다. 남자는 여자가 전화하는 걸 무척 싫어했다. 여자는 마지못해 전화를 걸었다. 남자의 목소리는 나쁘지 않았다. 왜 전화했냐고 따지지도 않았다. 오늘은 집에 들어가겠다고 했다.

여자는 닭 한 마리를 샀다. 청양고추를 넣고 매콤하게 닭볶음탕을 끓일 생각이었다. 닭볶음탕은 여자가 좋아하는 음식이었다. 며칠 전부터 닭볶음탕이 먹고 싶었다. 그동안 여자는 남자가 좋아하는 음식만 했다. 남자는 바닷가 출신이라 해산물을 좋아했다. 여자는 비린 걸 싫어했지만 식탁에 해산물을 빼지 않고 올렸다. 여자는 무생채에 고등어조림까지 해놓고 남자를 기다렸다. 남자는 오지 않았다. 여자는 닭볶음탕을 냉장고에 넣었다. 다음 날 닭볶음탕을 데워서 상을 차렸다. 남자는 오지 않았다. 닭볶음탕은 다시 냉장고로 들어갔다. 닭볶음탕에서 쉰내가 날 때까지 남자는 오지 않았다. 연락도 되지 않았다. 여자는 역한 냄새가 나는 닭다리를 한 입 베어 물었다. 구역질이 났다. 상한 닭을 뱉어내고 연거푸 입 안을 헹궜다. 여자는 닭볶음탕을 배수구에 쏟아버렸다.

인터폰이 울렸다. 여자는 소리를 찾아 한참을 헤맸다. 얼마 만에 울리는 인터폰인지 기억이 가물거렸다. 여자는 목소리를 가다듬고 여보세요?라고 말했다. 높고 맑은 자신의 목소리가 낯설어 화들짝 놀랐다.

경비실인데요. 관리비가 석 달이나 밀렸어요.

그게 무슨 말씀이세요?

모른다니요? 현관에 메모도 붙여놓고 했잖아요. 당장 전기하고 물을 끊겠다고 난리예요. 빨리 해결 좀 해주세요.

인터폰은 일방적으로 끊겼다. 여자는 경비원이 말하는 메모지를 본 기억이 없었다. 관리비는 월급통장에서 자동이체로 빠져나갔다. 관리비가 밀렸다는 건 월급통장에 돈이 없다는 뜻이었다. 오늘이 며칠이지? 여자는 달력을 찾았다. 달력은 집 안 어디에도 없었다.

여자는 놀이터에서 할 일 없이 하루를 보냈다. 따뜻한 햇살이 좋았다. 가끔 이름 모를 새소리도 들렸다. 바람이 불어와 여자의 머리카락을 헝클었다. 아이들을 데리고 놀이터에 온 젊은 엄마들은 여자를 힐끗거리다가 그냥 돌아갔다. 여학생들은 여자를 벌레 보듯 했다. 여자에게 돌을 던지는 짓궂은 남자아이도 있었다. 경비원은 공연히 여자 주변을 빗자루로 쓸었다. 여자는 벤치에 앉아 까무룩 졸았다.

부녀회장이 왔다. 그림자 때문에 부녀회장이 온 것을 알았다. 여자는 가슴이 심하게 요동쳤다. 마른 침을 꼴깍 삼켰다. 목구멍이 불을 삼킨 듯 홧홧했다. 여자는 부녀회장이 앉을 수 있도록 옆으로 비켜 앉았다. 여기 앉으세요, 라는 말은 입 밖으로 나오지 않았다. 해를 등지고 서 있는 부녀회장의 얼굴이 먹지처럼 검었다. 여자는 눈을 찡그리며 웃어 보였다. 가시에 찔려 상처 난 입꼬리가 바들바들 떨렸다.

505호 사시죠? 아저씨 때문에 민원이 엄청나게 들

어와요. 엘리베이터에서 담배를 피우질 않나 여학생들한테 음담패설까지 하고. 근데 아줌마까지 그런 몰골로 여기 앉아 있으니까 사람들이 무서워서 놀이터에 못 나오잖아요.

여자는 웃고 싶었지만 그럴 수 없었다. 부녀회장의 말이 길어질수록 얼굴 근육이 심하게 실룩거렸다. 이럴 때는 무슨 말을 해야 하지? 여자는 속으로 생각했다. 여자의 얼굴은 더욱 굳어졌다.

가시가 자라느라 가려워서요. 자다가 저도 모르게 긁거든요. 연고 바르니까 곧 좋아질 거예요.

오랫동안 굳어 있던 성대를 통과한 여자의 목소리는 심하게 쉬어 있었다. 이렇게 길게 이야기한 것은 오랜만이었다. 여자는 조금 뿌듯했다. 부녀회장은 두서너 걸음 뒤로 물러났다. 왜 저럴까? 여자는 생각했다.

병원에 한번 가보세요. 제정신이 아닌 거 같아요.

부녀회장은 말을 마치고 달아나듯 뛰어갔다. 멀리 등나무 뒤에 숨어 있던 아줌마들이 튀어나왔다. 부녀회장을 위시한 한 무리의 사람들은 여자에게는 들리지 않는 이야기를 열심히 했다. 여자는 느리게 몸을 일으켰다. 느린 걸음으로 집에 돌아와 거울을 들여다봤다. 거무죽죽한 얼굴에 딱지가 가득 앉았다. 물사마귀 같은 것도 군데군데 자랐다. 여자는 눈만 빼꼼

내놓고 스카프로 얼굴을 둘둘 말았다.

　　여자는 생쌀을 오독오독 씹었다. 단수가 되고 며칠 뒤에 단전이 되었다. 남자는 신발장에 숨겨둔 비상금을 들고 나간 후로 열흘이 넘도록 들어오지 않았다. 여자는 생활정보지에서 구인 광고를 보고 전화를 걸었다. 대부분이 가사 도우미나 식당 주방 일이었다. 여자는 면접에서 번번이 퇴짜를 맞았다.

　　면접을 보고 돌아오는데 차비가 없었다. 전화를 주겠다는 식당 주인의 말은 완곡한 거절이었다. 여자는 무작정 걸었다. 도시는 사막같이 건조하고 컸다. 영원히 집에 갈 수 없을 것 같았다. 여자는 지하철역으로 들어갔다. 역무원의 눈치를 보다가 무임승차를 했다. 객실에 구인 광고가 붙어 있었다.

　　'섹시한 목소리 가진 여성 급구. 월 500 이상. 자택 근무'

　　여자는 전화번호를 떼어내 주머니에 구겨 넣었다. 광고지에 적힌 번호로 전화를 걸었다. 남자 고객과 대화를 하면 시간에 따라 수당이 나온다고 했다.

　　왜요? 돈이 적어요?

　　남자가 물었다. 여자는 가만히 있었다.

　　큰돈 버는 일은 따로 있는데. 어때요, 생각 있어요?

여자는 놀라서 전화를 끊었다.

쌀독을 열었다. 쌀알이 몇 알 굴러다녔다. 쌀을 입 안에 넣고 불려가며 오래도록 씹었다. 장미의 잎사귀가 엄청나게 자라 있었다. 여자는 물만 먹고도 잘 자라는 장미가 부러웠다. 여자는 허기가 지면 물을 마셨다. 물을 마셔도 배는 부르지 않았다. 잠만 쏟아졌다.

누군가 자는 여자를 내려다봤다. 여자는 그 눈길을 느낄 수 있었다. 천천히 눈을 떴다. 교복을 입은 단발머리 소녀와 눈이 마주쳤다. 간간이 꿈에 나오는 소녀였다. 소녀가 하고 싶은 말이 있는지 입을 벌렸다. 입 안에서 자잘한 거미가 쏟아져 나왔다. 여자는 깜짝 놀라 눈을 떴다. 최근 들어 여자는 잠만 자면 소녀의 꿈을 꾸었다. 소녀는 세탁기 위에 앉아 있기도 했고, 장미 화분의 흙을 정신없이 파헤칠 때도 있었다.

뭐 해?

여자가 물었다. 소녀는 뭔가 말하고 싶은 듯 입을 벌렸지만 목소리가 나오지 않았다.

뭐 찾니?

여자가 다시 물었다. 소녀가 고개를 끄덕였다.

아기 찾으러 온 거야?

소녀가 고개를 반복해서 끄덕였다.

아기는 화분에 잘 있으니까 그만 가.

소녀가 사라지고, 여자는 자고 자고 또 잤다. 밤에
도 자고 낮에도 잤다. 깨어 있는 시간보다 자는 시간
이 더 길었다. 자는 동안에는 허기가 잦아들었다. 소
녀는 탯줄이 그대로 달린 아기를 안고 거실을 왔다
갔다 했다.

이제 그만 와. 나 너 보고 싶지 않아.

여자가 말했다. 소녀가 여자를 쳐다봤다. 텅 빈 새
카만 눈에서 눈물 한 방울이 툭 떨어졌다. 눈을 뜨니
저녁이었다. 밖이 어둑했다. 여자는 헛구역질이 날
때까지 물을 마셨다.

피를 보리라, 죽어도 못 나간다, 라고 쓴 플래카드
도 더는 새롭게 내걸리지 않았다. 악다구니, 울음소
리, 비명마저 사라진 아파트는 조용했다. 아파트 이
주도 끝물이었다. 여자를 포함해 갈 곳 없는 소수의
가구만 남았다. 그들도 떠날 준비를 하느라 바빴다.
외출하고 돌아오니 현관문에 철거, 라는 붉은 글씨가
새겨져 있었다. 소파, 침대, 냉장고 같은 물건이 모두
사라진 집은 휑뎅그렁했다. 화분만 덩그러니 남아 있
었다. 남자는 여자에게 상의 한마디 없이 전세금을
빼 갔다. 어디로도 갈 곳이 없던 여자는 이곳에 몰래
숨어 살 수밖에 없었다. 낮에는 쥐 죽은 듯이 조용히

있다가 밤이면 밖으로 나갔다.

핸드폰 발신이 금지되었다. 한밤에 공중전화를 찾으러 나갔다. 30분을 걸어서 도착한 곳은 어느 초등학교 앞이었다. 여자는 10원짜리 동전을 한 주먹 쥐고 동전 투입구에 한 움큼 집어넣었다. 동전 떨어지는 소리가 나면서 남자가 전화를 받았다. 주변이 소란스러웠다.

이상한 꿈을 꾸었어요. 풍선에 바람이 들어가는 것처럼 배가 빵빵하게 부풀어 오르더니 몸이 공중으로 떠오르는 거예요. 그러더니 갑자기 오줌이 마려워요. 참으려고 했는데 나도 모르게 실례를 하고 말았어요. 그런데 내 배에서 소변 대신 알록달록한 유색 보석이 쏟아져 나오는 거예요. 이게 무슨 꿈일까요?

남자는 진작 전화를 끊었다.

혹시 태몽이 아닐까요? 우리에게 아기 천사가 찾아온 것 같아요.

여자는 동전이 떨어지지 않는 공중전화를 붙잡고 계속해서 말했다.

다음 날은 다른 공중전화를 찾았다. 전화 부스 한편에 붙은 콜렉트콜 스티커를 유심히 살폈다. 콜렉트콜로 남자에게 전화를 걸었다. 남자는 여자의 목소리를 확인하자마자 수신을 거절했다. 다시 전화를 걸었다. 남자는 아예 전화를 꺼놓았다. 허기 때문에 집에 돌아오는 길이 유난히 멀게 느껴졌다. 라면 냄새를 따라갔다. 술꾼이 파라솔 밑에서 컵라면을 먹고 있었다. 여자는 가로등을 올려다보고 보도블록을 발끝으로 차면서 술꾼을 지켜봤다. 술꾼은 라면을 몇 젓가락 먹지 않고 남겨둔 채 어두운 골목으로 사라졌다. 여자는 주변을 살피다가 컵라면을 들고 뛰었다. 뜨거운 국물이 손등에 튀었지만 개의치 않았다. 여자는 인적이 드문 골목으로 들어가서 컵라면을 먹었다.

새벽에는 사람들의 눈을 피해 약수터에 물을 뜨러 갔다. 사람들 눈에 띄지 않으려면 동트기 전에는 돌아와야 했다. 여자는 서둘러 걸었다. 자꾸 트림이 나왔다. 멀미를 하는 것처럼 속이 뒤집혔다. 토해도 속에서는 아무것도 나오지 않았다. 음식물 쓰레기통은 꽉 차서 입구가 벌어져 있었다. 주변으로 음식물 쓰레기가 담긴 비닐봉지가 수북했다. 이사를 하느라 냉장고를 비우는 집이 많았다. 여자는 빵빵한 봉지 두 개를 골라 들고 뛰었다. 집으로 돌아와 봉지에 든 것을 쏟았다. 역겨운 냄새가 코를 찔렀다. 여자는 구역질을 하며 쓰레기를 뒤졌다. 퉁퉁 불은 라면을 건져 내 입에 넣었다. 갈색으로 산화한 사과는 유달리 달았다. 고등어 대가리를 입에 넣고 씹었다. 고소한 국물이 흘러나왔다. 고등어 뼈를 쪽쪽 빨면서 쓰레기를 뒤졌다. 감자며 양파, 두부를 넣은 된장찌개에 비빈

잡곡밥 한 덩이가 보였다. 밥을 입에 쑤셔 넣었다. 시큼한 냄새가 코를 찔렀다. 상한 음식을 뱉어냈다. 구역질이 났다. 먹은 것들을 시큼한 위액과 함께 그대로 토해냈다. 다른 봉지에서는 썩은 감자만 나왔다.

음식물 쓰레기는 더 나오지 않았다. 아파트는 완전히 비었다. 여자는 밤마다 이웃 아파트를 돌아다녔다. 오래된 아파트는 가로등이 어두웠다. 머지않아 여자의 아파트처럼 재개발될 단지였다. 주차장을 가로질러 놀이터를 지나면 음식물 쓰레기통이 나왔다. 여자는 가방에서 비닐봉지를 꺼냈다. 음식물 쓰레기통을 뒤졌다. 검은 점이 생긴 바나나 한 송이가 통째로 나왔다. 생각지 못한 수확이었다. 여자는 신이 나서 쓰레기통을 뒤졌다. 세 번째 통에서 식빵 덩이를 발견했다. 여자는 식빵 표면에 붙은 음식 찌꺼기를 털면서 어둠 속에서 미소 지었다.

거기 누구요?

경비원의 목소리가 들렸다. 경비원은 한 발자국 다가오며 누구냐니까? 하고 다시 물었다. 여자는 몸을 움츠렸다. 몸을 숨길 만한 곳이 없었다. 경비원이 손전등을 여자에게 비추었다. 여자는 올가미에 걸린 짐승처럼 몸을 떨었다. 이상한 신음을 냈다. 경비원은 집요하게 여자의 얼굴을 확인하려 했다. 행동이 이상한 데다 몸에서는 뭐라 말할 수 없는 악취까지 풍겼다. 마침내 손전등이 여자의 얼굴을 비췄다. 여자의 피부는 수분이라고는 없이 바싹 말라서 허물이 벗겨지고 있었다. 오랫동안 씻지 않아 낯빛은 짙은 고동색이었다. 머리카락은 수사자의 갈기처럼 삐쭉삐쭉 자랐고 척추는 기묘하게 꺾여 있었다. 경비원은 놀라서 손전등을 떨어뜨렸다. 여자는 그 틈에 재빨리 도망쳤다.

여자는 베란다에 앉아 정오의 햇빛을 쬐고 있었다. 장미 잎사귀는 싱싱하게 푸르렀다. 여자의 몸은 해를 따라 조금씩 움직였다. 눈에 띄게 배가 불러 있었다. 저녁이 되어 해가 사라지자 여자는 입맛을 다셨다.

남자가 온 것은 새벽녘이었다. 남자는 다리를 심하게 절었다. 흠씬 두들겨 맞은 몰골이었다. 여자는 물을 내놓았다. 줄 것은 그것뿐이었다.

남자는 물 한 잔을 다 마셨다.

다 날렸어. 한 푼도 없이.

때려줘요.

여자가 옷을 벗었다. 남자가 여자의 뺨을 쳤다. 예전과 다른 손놀림이었다. 흥분을 위한 폭력이 아니었다. 여자는 멍해져 남자를 쳐다봤다. 남자가 여자의 어깨를 단단히 잡았다.

꼴이 이게 뭐야. 당신이 야수야, 짐승이야, 왜 여길 못 떠나.

당신의 아기를 가졌어요.

여자가 부풀어 오른 배를 내보였다.

아기를 가졌다는 말에 남자는 이성을 잃었다. 다친 발로 여자의 몸을 마구 밟았다. 여자는 몸을 웅크리고 배를 보호했다. 남자는 뭐라고 욕을 했는데 한마디도 알아들을 수 없었다. 남자는 다친 발을 헛짚으며 뒤로 넘어졌다. 머리가 바닥에 부딪치는 둔탁한 소리가 들렸다. 여자의 다리 사이에서 피가 흘렀다. 여자는 피를 쓸어 모아 다시 자궁에 넣으려 애썼다.

여자는 빈 아파트를 돌아다니다가 문이 열린 집으로 들어갔다. 가구와 가전제품이 사라진 집은 물건으로 채워져 있을 때보다 작았다. 그리고 추했다. 신발자국이나 먼지 때문이 아니었다. 공기가 그랬다. 사람들이 남기고 간 냄새가 원인이었다. 여자는 입과 코를 막고 빠르게 집을 뒤졌다. 먹을 만한 것은 아무것도 없었다. 깨진 접시, 드라이버, 철 지난 달력, 더러운 곰 인형, 좀약, 신문지나 청구서 등이 곳곳에 버려져 있었다. 세팅된 무대처럼 인공적이었다. 어느 집에선 죽은 고양이가 썩어가고 있었다. 생물체가 죽어서 남기는 냄새가 방을 가득 채웠다.

301호는 달랐다. 신발장에 신발이 고스란히 남아

있었다. 여자는 누군가 집에 있다고 생각했다. 하지만 빈집이었다. 급하게 몸만 빠져나갔는지 가구며 가전제품이 그대로 있었다. 길에 내놔도 집어 가지 않을 만큼 낡은 물건들이었다. 여자는 앨범을 한 권 주웠다. 볼이 빨간 여자아기의 사진을 떼어냈다. 동그란 눈을 가진 귀여운 아기였다. 돌날 찍은 사진도 떼어냈다. 세발자전거를 타는 사진, 초등학교 입학식 사진, 소풍날 동물원에서 찍은 사진도 떼어냈다. 중학생이 되어 교복을 입고 수학여행을 다녀온 사진이 끝이었다. 뒷장은 백지였다.

여자는 집에 돌아와 사진을 순서대로 거실 벽에 붙였다. 수학여행 사진 뒤로 여자의 사진을 붙였다. 한 사람의 탄생에서 성인이 될 때까지의 모습이 고스란히 담겼다. 두꺼운 검은색 종이를 오려서 액자 테두리를 만들었다. 그 안에 한 장뿐인 남자의 사진을 오려 붙였다. 그 옆에 아기와 여자의 사진을 붙였다. 완벽한 가족사진이 완성되었다. 여자는 배고픈 줄도 모르고 가족사진을 올려다보았다. 그러다 기운이 없어서 바닥에 누웠다. 누워도 사진은 잘 보였다.

여자는 밤마다 뒷산에 올랐다. 손톱을 세워 흙을 파 비닐봉지에 담았다. 여자의 손은 담황색으로 비정상적으로 커졌다. 손톱은 길게 자라 나뭇가지처럼 휘어졌고 손가락 마디마디 초록색 사마귀가 달렸다. 발바닥과 발등, 종아리에는 정체 모를 흰 털이 길게 자랐다. 여자는 뒷산에서 퍼 온 흙을 베란다에 쌓고 약수터에서 떠 온 물을 뿌린 후에 발을 묻었다. 흙은 엄마의 품처럼 따뜻했다. 햇살이 들어오면 눈이 부시게 환했다. 죽은 줄 알았던 장미 화분에 붉은 꽃이 탐스럽게 피었다. 장미는 덩굴을 이뤄 사방으로 퍼져 나갔다. 베란다는 장미 화원처럼 변했다. 여자는 터질 듯 부푼 배를 부여안고 종일 베란다에서 해를 쬐었다. 여자의 척추는 매일 조금씩 해를 향해 휘어졌다. 창 너머로 아파트가 보였다. 아파트는 조금씩 낡아갔다. 전에 보이지 않던 중장비가 왔다 갔다 했다. 베란다 너머에서 아파트가 흙먼지를 날리며 도미노처럼 무너졌다.

밤의 독백

도시의 서쪽 끝 시 경계에 오래된 문방구가 있었다. 슬레이트 지붕의 단층 주택을 개조해서 만든 문방구였는데, 유리 미닫이 출입문은 도로변에 있었고 뒷골목을 돌아가야 대문이 나왔다. 문방구에서 나와 가파른 경사로를 5분쯤 걸어 올라가면 한 재단의 초중고가 모여 있었다. 문방구는 한때 학교 준비물과 저렴한 간식거리를 사려는 학생들로 발 디딜 틈 없이 붐볐지만, 대형마트와 문구류 쇼핑몰에 밀려 찾는 학생이 손에 꼽을 정도로 줄었다.

　오랜 시간을 두고 문방구 주변은 조금씩 변해갔다. 살림집과 단층 건물이 헐리고 빌라와 원룸이 들어섰다. 철물점, 유리 가게, 구두 수선집이 사라진 자리에 편의점, 카페, 프랜차이즈 점포가 들어왔다. 오직 문방구만이 30년 전 모습 그대로 남아 있었는데, 컬러사진 사이에 섞여 있는 흑백사진처럼 그 거리에 섞이지 못하고 도드라졌다.

문방구에는 모녀가 살았다. 150센티미터 정도의 작은 키에 스페인 도자기 인형처럼 이국적으로 생긴 여자와 화려한 집시 스타일 두건을 쓰고 숄을 두른 살집이 두둑한 여자였다. 루와 별. 이것이 그녀들의 이름이었는데 본명인지는 알 수 없다. 스페인 도자기 인형처럼 보이는 루가 엄마고 집시 여인처럼 차려입은 별이 딸이었다. 그들은 외부와 철저히 단절된 생활을 했다. 도시가 개발되면서 대다수 원주민이 떠났기 때문에 모녀의 사연을 기억하는 사람은 많지 않았다.

케이는 7시에 도착한다고 했다.

어두컴컴하게 땅거미가 내려앉았다. 문방구 앞을 서성이던 아이들은 모두 집으로 돌아갔다. 목욕탕 건물을 철거하는 공사 현장에서 날아온 흙먼지가 오락기 위에 뿌옇게 내려앉았다. 이른 아침 시작된 공사 현장의 소음이 예고도 없이 뚝 끊겼다.

한쪽 어깨에 시장 가방을 멘 별이 돌아왔다. 루가

방에서 나왔다. 이제 막 잠에서 깼지만, 머리 모양이며 옷차림이 흐트러짐 없이 완벽했다. 루는 낮과 밤이 뒤바뀐 생활을 오래 해오고 있었다.

케이는 날것을 좋아했어. 육회나 생선회 같은 거 말이야. 루가 말했다.

별은 케이를 본 적이 없었다. 케이가 사진 한 장 남기지 않고 떠나는 바람에 별은 아침마다 거울에 비친 자신의 얼굴을 보고 케이의 얼굴을 상상했다. 잠에서 막 깨어난 별의 얼굴이 케이를 똑 닮았다고 루가 말했기 때문이었다. 사실 루도 케이의 얼굴을 정확히 기억하지 못했다. 마지막으로 케이를 본 것이 30년 전의 일인 데다 알고 지낸 기간도 길지 않았기 때문이었다.

별이 시장에서 사 온 음식 재료를 꺼냈다. 상추, 깻잎, 두부, 돼지고기 목살과 파 한 단이 차례로 나왔다. 그 뒤에 오렌지 세 개가 나오고 끝이었다. 식탁 위에 늘어놓은 음식 재료를 보고 루가 작게 한숨을 쉬었다. 한숨이 나오는 것은 별도 마찬가지였다.

광어회를 사기에는 돈이 부족했어요.

반지를 팔았는데도?

별은 고개를 끄덕였다. 루는 실망하는 눈치였다. 별은 곁눈질로 루의 손가락을 쳐다봤다. 약지에 반지 자국이 흉터처럼 선명히 남아 있었다. 루가 30년을 백금으로 알고 껴왔던 반지는 사실 은이었다.

걱정하지 마. 뭘 가리는 식성은 아니니까. 그것보
다 늦지 않게 서둘러야겠어.

그 말을 하고 루는 씻으러 욕실에 들어갔다. 루는
다른 날보다 더 오래 씻었고 공들여 치장했다.

별은 불을 켜고 창문을 활짝 열었다. 마음이 조급
해졌다. 케이가 올 때까지 한 시간이 채 남지 않았다.
별은 채소를 깨끗하게 씻어놓고 두부를 넣어 된장찌
개를 끓였다. 된장찌개가 끓는 동안 목살을 구웠다.
30년 만에 돌아오는 케이를 위한 밥상치고는 초라했
다.

별은 문방구 문을 잠그러 나갔다. 평소보다 이른
시간이었다. 해가 지면 손님이 거의 없었다. 9시까
지 문을 열어놓는 건 순전히 습관 때문이었다. 문을
닫기 전 밖에 내놓았던 물건들을 안으로 들여놓아야
했다. 가로등이 비치지 않아 어두컴컴한 뒷골목에서
동전 흔드는 소리가 들려왔다. 잠시 후 양복 입은 남
자가 모습을 드러냈다. 그는 별의 집 문간방에 세 들
어 사는 최 씨였다. 최 씨는 얼마 전까지 도로 건너
목욕탕에서 때밀이로 일했다. 목욕탕 건물이 재건축
되면서 직장을 잃고부터는 하루의 대부분을 오락을
하며 시간을 보냈다.

"벌써 닫아요?" 최 씨는 양복 차림에 구두까지 신

었지만 반바지에 슬리퍼를 끌고 다닐 때와 다를 바 없이 초라해 보였다. "오락기는 두고 닫죠. 지금 할 거거든요. 고물 오락기 누가 훔쳐 간다고 그걸 매일 무겁게 옮겨요." 지금은 한 대지만 원래는 세 대였다. 최 씨가 양갱을 내밀었다. "좋아하잖아요." 최 씨가 양갱을 흔들었다. "어서요." 별은 말없이 오락기를 옮기고 셔터를 내렸다. "야박하네, 진짜." 최 씨가 이 사이로 침을 뱉는 소리가 들려왔다. 별은 뒤돌아 보지 않았다.

루와 별은 각자의 의자에 앉아서 케이를 기다렸다. 루는 긴 머리를 고데기로 말아서 늘어트리고 하늘색 시폰 원피스를 입었다. 루는 설레는 마음을 주체하지 못하고 엉덩이를 들썩거렸다. 결국 참지 못하고 일어나 전신 거울 앞에 섰다. 루는 자신의 모습을 이리저리 비춰 보더니 머리를 매만지고 구겨진 원피스를 탁탁 털어서 펼쳤다.

립스틱이 좀 지워진 거 같지 않니?

새빨간 립스틱은 조금도 지워지지 않았다. 입술을 움직일 때마다 앞니에 립스틱이 지저분하게 묻어났다.

아니요. 예뻐요.

루는 활력이 넘쳤고 입가에는 미소가 떠나지 않았다.

나랑 포크댄스 추지 않을래? 케이는 포크댄스를 정말 잘 췄어. 내가 말했지? 포크댄스를 가르쳐준 게 케이라고.

루가 별에게 손을 내밀었다.

출 줄 몰라요.

거짓말. 학교에서 포크댄스를 안 배웠다는 게 말이나 되니.

루는 잠시 뾰로통해 있더니 혼자서 포크댄스를 췄다. 그녀는 혼자서도 춤을 잘 췄다. 별은 하품을 길게 했다. 그녀는 유달리 초저녁잠이 많았다. 루는 쉬지 않고 포크댄스를 췄다. 별은 의자에 앉아서 깜박깜박 졸았다. 집 안은 조용했다. 집 밖에서 다양한 소리가 들려왔다. 바람 소리, 새소리, 풀벌레 소리, 옷자락이 펄럭이는 소리, 작게 속삭이는 소리, 슬리퍼를 질질 끄는 소리 같은 것들이.

약속한 시간이 지났지만 케이는 오지 않았다. 음식은 이미 식었다. 별의 배에서 꾸르륵 소리가 났다. 별은 루의 눈을 피해 고기를 몰래 집어 먹었다. 벽시계의 초침 소리가 유난히 크게 들렸다. 째깍, 째깍. 루는 전화기를 가만히 응시했다. 별은 창밖을 힐끗거렸다.

대문 두드리는 소리가 들렸다. 루와 별은 동시에 의자에서 일어났다. 대문은 골목과 접해 있어서 집 안에서는 밖이 보이지 않았다. 하지만 루는 대문을 두드리는 사람이 케이라고 확신했다.

케이가 왔어. 드디어 케이가. 어서 나가봐.

별은 솔을 두르고 밖으로 나갔다. 대문 밖에는 키가 크고 깡말라서 신경질적으로 보이는 최 씨가 서 있었다. 가쁘게 몰아쉬는 숨에서 술 냄새가 풍겼다.

"열쇠는 어쩌고요?"

"방에 두고 나갔어요."

최 씨는 비틀거리며 문간방으로 들어갔다. 별은 대문에 붙여놓은 빈방 없음이라는 나무 팻말을 돌려서 빈방 있음으로 바꿔놓았다.

케이는?

케이가 아니었어요.

루와 별은 각자의 자리에 앉았다. 째깍째깍. 초침 소리만 들렸다.

루는 시비조로 물었다.

옷은 왜 안 갈아입었어?

갈아입은 거예요.

별은 매일 어떤 옷을 입을 것인지 고민하는 게 싫어서 같은 옷을 여러 벌 사놓고 돌려가며 입었다. 루는 그런 별이 못마땅했다.

안 올 모양이에요.

그럴 리 없어.

루가 울음을 터트렸다. 별은 루의 입을 틀어막고 싶었다. 질질 짜는 건 딱 질색이다. 그만 입 닥쳐, 라는 말이 목구멍까지 차올랐지만 겨우 눌렀다. 별이 아주 어렸을 때부터 루는 말해왔다. 미래의 어떤 날에 케이가 돌아올 것이라고. 절대 오지 않을 것만 같던 그날이 마침내 왔다. 별도 루와 마찬가지로 케이가 돌아올 것을 믿어 의심치 않았기 때문에 실망감은 이루 말할 수 없었다. 정작 울고 싶은 게 누군데. 별은 루가 시도 때도 없이 울어대는 통에 울 권리마저 뺏긴 것이 분했다.

별은 루를 살살 달랬다.

울지 마요. 내일은 꼭 올 거예요.

정말?

그럼요. 집 놔두고 어디를 가겠어요.

늦은 저녁을 먹었다. 루는 식욕이 없다고 했다. 별은 허기가 져 손이 떨렸다. 목살은 식어서 고무공처럼 질겼다. 씹고 또 씹어도 씹히지 않아 그냥 꿀꺽 삼켰다. 질긴 것과는 별개로 맛은 있었다. 고기를 오랜만에 먹었더니 더 그랬다.

별은 설거지하면서 하품을 했다. 양치하면서도 하품을 하고 잠옷으로 갈아입으면서도 하품을 했다.

오늘 밤은 그냥 잘 거니?

아니요. 그냥은 못 자죠.

그녀들은 밤마다 과거의 일을 재연하며 놀았다.

할머니 사망보험금으로 문방구를 사는 데서 시작하는 건 어때?

좋아요. 오늘은 제가 아버지를 할게요.

루는 평소처럼 느리게 이야기를 시작했다. 수도꼭지를 덜 잠근 것처럼 눈물이 똑똑 떨어졌다. 루는 재연 놀이를 할 때마다 울었는데 슬퍼서 그렇다기보다는 습관 같은 것이었다.

월세방 있습니다. 대로변 전봇대에 붙은 전단을 보고 케이가 문방구를 찾아왔다. 매서운 눈보라가 몰아치는 2월의 어느 날이었다. 그날은 정월대보름 전날이었다. 케이는 3월부터 여고에서 체육을 가르치게 되었다. 무용수를 꿈꿨지만 여의찮아서 그만두고 무용 교사 자리를 알아봤는데 그것도 쉽게 구해지지 않았다. 체육 교사가 된 것은 차선책이었다. 케이는 문간방에서 하숙하기로 했다. 루는 고무장갑도 끼지 않고 찬물에 걸레를 빨고 있었다. 케이가 가볍게 기침을 했다. 루가 고개를 들어 케이를 쳐다보았다. 루의 볼은 추위에 빨갛게 얼었다. 울고 있었는지 눈동자가 붉었다. 재수 없게 울긴 왜 자꾸 울어. 루의 아버지가 윽박질렀다. 그러고는 케이를 보며 말했다. 제 어미가 죽은 지 얼마 안 돼서 그런 거니까 선생님은 신경 쓸 거 없습니다.

별은 루가 되는 꿈을 꾸다가 대문을 두드리는 소리에 잠이 깼다. 가끔 그런 꿈을 꾸는데 깨고 나면 기분이 좋지 않았다. 우울한 감정에서 빠져나오려고 고개를 세게 흔들었다. 이명이 오래 울렸다. 그러다가 어디선가 환청이 들렸다.

이리 와. 춤 가르쳐줄게. 춤을 추는 동안은 괴로움에서 벗어날 수 있어. 나비처럼 자유롭게 어디든 날아갈 수도 있단다. 어서 와, 이리로.

폴카 음악이 흘러나왔다. 몸이 제멋대로 이리저리 움직였다. 별은 춤을 추며 방 안을 돌아다녔다. 침대며 문짝, 책장에 계속 부딪쳤다. 책상 모서리에 찍힌 팔꿈치에서 피가 배어났다. 별은 춤을 추고 싶지 않았지만 누군가에게 조종을 당하는 것처럼 몸이 제멋대로 움직였다. 숨이 턱까지 차오르고 등허리에 흥건하게 땀이 흐르고 나서야 춤을 멈출 수 있었다.

루는 밤 외출을 나가고 없었다. 대문은 여전히 철커덩철커덩 소리를 냈다. 누구세요? 별은 밖으로 고개를 내밀고 크게 외쳤다. 대문을 차던 발길질이 멈췄다. 갑자기 주위가 조용했다. 새벽에 대문 두드리는 소리가 들려도 절대 열어주면 안 돼. 왜요? 귀신이 들어오려고 두드리는 거니까. 대문 두드리는 소리는 루가 집을 비웠을 때만 났다. 그런데 루는 밤마다 도대체 어디를 가는 것일까.

별은 어두운 걸 싫어했다. 거실 불을 끄지 않은 채 방으로 들어왔다. 별은 침대에 누웠다. 잠이 올 것 같지 않았다. 가만히 천장을 올려다보았다. 천장 한쪽 귀퉁이에서 시작된 거무튀튀한 얼룩이 더 번져 있었다. 얼룩의 정체가 무엇인지는 알 수 없지만 더 퍼지면 도배를 새로 해야 했다. 배가 고팠다. 별은 자리에서 일어나 화장대를 뒤졌다. 화장대 깊숙한 곳에서 양갱이 나왔다. 한 개로는 허기가 채워지지 않았다. 집 안을 구석구석 뒤졌다. 싱크대 안에서는 약과가, 약장에서는 초콜릿이 나왔다. 별이 먹지 못하도록 루가 숨겨둔 것이었다.

별은 거실을 왔다 갔다 했다. 잠은 오지 않고 심심했다. 루의 방에 들어가 옷장에서 꽃무늬가 수놓인 원피스를 꺼내 입었다. 원피스는 작아서 지퍼가 안 올라갔다. 별은 루의 옷을 입고 루의 의자에 가 앉았다. 별은 눈을 매섭게 치켜떴다. 별의 입에서 남자 목소리가 흘러나왔다.

오늘은 무슨 죄를 저질렀지?

별은 루의 목소리를 흉내 내며 대답했다.

아무 죄도 짓지 않았어요. 정말이에요.

죄 중에서 가장 큰 죄가 거짓말이라고 몇 번을 말했니.

하지만 전 진짜 아무 죄도 짓지 않은걸요.

네 말은 남자하고 몸을 섞지 않았다는 거냐?

그분은 남자가 아니고 선생님이에요.

선생은 남자 아니냐. 그놈 품에 안겨서 아주 좋아 죽더구나.

그냥 춤을 췄을 뿐이에요. 나쁜 짓은 안 했어요. 맹세해요.

이 화냥년. 남자라면 어린애나 팔십 먹은 노인이나 가리질 않는 더러운 년.

저는 엄마가 아니에요.

듣기 싫어. 죄를 지었으면 벌을 받아야지. 어쩔 수 없이 오늘은 혁대로 해야겠구나.

별은 속옷까지 벗어 어깨를 드러내고 바닥에 엎드렸다. 살이 터졌다가 아문 상처가 그대로 드러났다. 등허리는 잔뜩 실금이 간 유리병처럼 곧 바스러질 듯했다. 별은 진짜 맞는 것처럼 괴성을 지르며 몸을 비틀었다.

누군가 대문을 부술 듯 두드렸다. 좀 전과는 비교도 되지 않게 소리가 컸다. 별은 몸을 잔뜩 웅크렸다. 급하게 옷을 챙겨 입었다. 거실 불을 끄고 창밖을 내다보았다. 대문 밖에 누가 서 있는지 궁금해 죽을 지경이었다. 별은 조용히 문을 열고 밖으로 나왔다. 맨발로 마당을 가로질러 갔다. 발돋움해서 내다보려 했지만 담이 높아서 밖이 보이지 않았다. 별은 무거운 몸을 비비적거리며 담을 타고 올라갔다. 대문 밖을 내다봤다. 아무도 없었다.

원피스는 보기 흉하게 터졌다. 뜯어진 부분을 꿰맸더니 쭈글쭈글해져서 못 입게 되었다. 별은 원피스를 쓰레기통에 감췄다. 날이 밝으면 세탁소에 수선을 맡길 생각이었다. 낮은 별의 세계였다. 별이 낮에 뭘 하든 루는 알지 못했다. 별은 늘어지게 하품을 했다. 루는 아직 돌아오지 않았다.

학교 강당에서 루를 다시 봤을 때 케이는 깜짝 놀랐다. 그 애는 아무리 봐도 열여덟로는 보이지 않았다. 또래보다 키도 몸집도 한참 작아서 열두세 살쯤으로 보였다. 눈 주위가 항상 빨갛게 짓물러 있는, 어린아이의 외피를 덮어쓰고 평생을 살아야 하는 루가 안쓰러웠다. 케이는 루를 대신해서 찬물에 손을 담그고 걸레를 빨았다. 루가 먹고 싶어 하는 딸기를 사 주고, 수돗가에 앉아 뫼비우스의 띠처럼 끝나지 않는 이야기를 들어주었다.

아침부터 비가 부슬부슬 내렸다. 공사 현장에서 울리는 굉음은 여전했다. 먼지가 날리지 않는 것만으로도 살 것 같았다. 별은 문방구 문을 활짝 열고 비가 내리는 풍경을 내다봤다.

어렸을 때 비 오는 날이면 창문으로 청개구리가 방에 들어오고는 했다. 청개구리는 온몸이 청포도색이었다. 청개구리를 길러보고 싶었지만 점프를 해서 죄다 도망가는 바람에 그러지 못했다. 대신 달팽이를 길렀다. 달팽이를 잡는 것은 쉬웠다. 비 오는 날 화단에 가면 수백 마리의 달팽이를 볼 수 있었다. 그것들은 나뭇잎 뒤나 습한 땅 밑에 숨어 있다가 비만 오면 밖으로 기어 나왔다. 따로 떼어놓으면 귀엽지만 무리를 이루면 기괴하게 징그러웠다. 달팽이가 살갗을 타고 기어오르는 듯 등줄기가 간질거렸다. 불쾌한 기분에 휩싸인 별은 달팽이를 마구 밟아 죽였다.

저리 가. 불행 옮기지 말고. 반 친구의 어깨를 살짝 스쳤을 뿐인데, 대번에 악담이 터져 나왔다. 악마의 자식. 우리 엄마가 그랬어. 넌 태어나지 말았어야 했다고. 어디선가 돌멩이가 날아와 별의 이마를 때렸다. 피가 눈앞을 가려 세상이 온통 검게 물들었다.

내가 왜 악마의 자식이에요?

케이는 선생님이었어. 그는 누구보다 친절하고 선량한 사람이야.

선생이 살인을 저질렀으니 진짜 악마죠.

살인이라니. 어떻게 그런 무서운 말을 하니. 그건 사고였어.

더구나 어린 제자를 상대로…… 그런 파렴치한 짓을…….

어디선가 폴카 음악이 흘러나왔다. 나랑 춤추자. 모든 근심, 걱정 다 내려놓고. 이 순간만은 아버지의 손에서 완전히 벗어날 수 있어. 넌 자유야.

별은 깜박 졸다가 깨어났다. 입에 물고 있던 양갱이 눅진하게 녹아 어깨에 두르고 있던 솔을 더럽혔다. 비는 어느새 완전히 그쳤다.

"저기요?" 최 씨가 별의 어깨를 톡톡 쳤다. "어젯밤에 못 잤나 봐요." 별은 최 씨가 내미는 1000원짜리 지폐를 동전으로 바꿔 주었다. 최 씨는 오늘도 양복을 입고 있었다. "슬러시도 한 잔 줘요." 그렇게 말하고 별이 바꿔 준 동전에서 다섯 개를 되돌려주었다. 최 씨는 목이 말랐는지 빠르게 빨대를 빨았다. 색소가 섞인 설탕물이 사라지고 새하얀 얼음만 남았다.

"다음 달부터 마트에서 배달하기로 했어요. 일당 아니고 월급 받고 살게 생겼어요." 최 씨는 볼이 발그레하게 물들었다. 웃는 모습이 소년처럼 수줍었다. "나도 이제 한 여자를 책임질 수 있겠죠?" 다 늙어서 웬 헛소리인지 모르겠다. 최 씨하고 이런 의미 없는 말을 나누느니 낮잠을 좀 더 잘걸. 별은 늘어지게 하품을 했다.

최 씨는 급격하게 침울해졌다. "2주 뒤에 이사할 거예요. 마트가 좀 멀거든요. 남은 월세는 통장에 넣어줘요." 월세는 돌려주지 않을 생각이다. 지금껏 그런 경우는 없었다. "안 되는 게 어디 있어요? 내 것이 아닌 건 돌려줘야죠." 별은 못 들은 척 딴청을 부렸다. "이거 먹을래요?" 최 씨가 초코바를 내밀었다. 별은 최 씨가 주는 것을 받아먹은 적이 없었다. 이사한다는데 한 번쯤은 괜찮지 않을까, 그런 생각이 들었다. 별은 초코바를 받아 들었다.

갓 구운 고등어에서 고소한 냄새가 풍겼다. 별이 침을 삼키는 소리가 크게 들렸다. 루는 올림머리를 하고 쇄골이 드러나는 벨벳 드레스를 입었다. 알이 굵은 진주 목걸이를 걸쳤는데 잘 어울렸다.

나한테 잘 어울리니?

정말 예뻐요. 그레이스 켈리처럼 우아해요.

비싼 거라서 그래. 케이가 한 달 월급을 다 쏟아부어서 산 목걸이니까.

루는 자기 기분에 취해서 이야기를 이어갔다. 하지만 그건 다 헛소리였다. 루가 가진 보석은 전부 가짜였다.

케이는 오늘도 안 올 모양이었다.

모녀는 늦은 저녁을 먹었다. 고등어는 딱딱하게 굳어 역한 비린내를 풍겼다. 루는 밥을 삼키지 않고 물고만 있었다. 생선은 별이 다 먹었다. 밥 한 공기를 다 먹었는데도 허기가 가시지 않아 케이의 밥까지 먹어치웠다.

돼지 같은 년. 루가 중얼거렸다. 다 처먹으면 케이는 뭘 먹으라는 거야.

별은 못 들은 척 밥을 마저 먹었다. 루는 인정하려 들지 않았지만 케이는 돌아오지 않을 모양이었다. 올 거였으면 진작 왔겠지. 별은 루한테 속고 산 세월이 억울했다. 보란 듯이 밥솥에 남은 밥까지 전부 다 긁어 먹었다. 느슨하게 풀어져 있던 모녀의 신경 줄이 팽팽하게 당겨졌다.

천장의 얼룩이 더 커졌다. 별은 얼룩을 뚫어지게 쳐다보았다. 저게 무슨 얼룩인지 알아내야겠다. 의자에 올라가서 얼룩을 만졌다. 얼룩은 축축하게 젖어 있었다. 손가락에 붉은색 물이 묻어났다. 쓱 문질렀더니 색깔이 더 선명해졌다. 냄새를 맡으니 생선과는 또 다른 비릿한 냄새가 풍겼다. 손가락으로 얼룩을 찔렀다. 도배지가 힘없이 뚫렸다. 천장이 입을 활짝 벌렸다. 열린 틈에서 수백 마리의 달팽이가 쏟아져 나왔다. 별은 등허리가 땀에 흠뻑 젖은 채 잠에서 깼다. 루는 밤 외출을 나갔는지 인기척이 없었다. 별은 침대에서 일어나지 않고 손을 뻗어 전등 스위치를 올리고 탁상시계를 확인했다. 시계는 멈춰 있었다.

루는 그날도 수돗가에 앉아 울고 있었다. 저를 데리고 떠나주시면 안 돼요? 씻다 만 가을무가 채반에 쌓여 있었다. 몇 달만 더 견디면 졸업이잖아. 루는 고개를 들어 멀리 하늘을 올려다보았다. 요즘도 아버지가 많이 때리니? 루는 하고 싶은 말이 목구멍을 메워서 숨을 쉴 수 없었다. 어디가 아파? 케이가 루의 이마에 손을 올리고 온도를 가늠했다. 루는 필사적으로 고개를 흔들었다. 말을 해야 도와주지. 왜 그래? 루는 높은 건물에서 떨어지다가 가까스로 난간을 잡고 매달린 것 같은 안도감이 들었다. 밤마다 제 방에 들어와서 나쁜 짓을 해요. 더는 못 참겠어요. 도시를 빠져나가게만 도와주세요. 제발요.

아침 일찍 용달차가 집 앞에 왔다. 짐은 용달차의 반도 차지 않았다. 막상 최 씨가 떠난다고 하니 별은 섭섭한 마음이 들었다. 문간방에 세 들었던 사람이 여럿 있었지만 이런 기분이 든 것은 처음이었다. 별은 당황스러웠다.

"이거 받아요. 100원 넣고 뽑은 거니까, 부담 갖지 말고." 최 씨가 동그란 플라스틱 캡슐을 내밀었다. 문방구 앞 뽑기 기계에서 뽑은 것이었다. 별은 플라스틱 캡슐을 찌그러뜨려서 열었다. 장난감 반지가 나왔다. 사이즈가 작아서 별의 손가락에는 들어가지 않았다. 최 씨가 별이 들고 있던 반지를 뺏더니 사이즈를 늘려서 돌려줬다. 반지는 중간에 틈이 있어서 사이즈를 얼마든지 늘이고 줄일 수 있었다. "변색한 은반지 진짜 잘 뺐어요. 얼마나 보기 흉했는지 몰라요." 별은 최 씨가 가리키는 손가락을 보았다. 약지에 반지 자국이 희미하게 남아 있었다. 별은 반지를 낀 기억이 없었다. 뭐가 묻은 것 같았다. 손으로 자국을 문질렀다. 때는 쉽게 지워지지 않았다.

"세입자 들어오는 대로 남은 월세 계좌로 보내요. 안 보내면 쫓아와요." 최 씨는 가래침을 뱉고 용달차에 올라탔다. 별은 입술을 달싹였다. 할 말이 있었는데 생각이 안 났다. 용달차가 떠났다. 별은 몹시 기분이 나빴다. 도대체 뭣 때문에 기분이 나쁜 건지 모르겠다. 초코바를 받아먹는 게 아니었다고 별은 뒤늦게 후회했다. 텅 빈 방 한쪽에 오락기 두 대가 나란히 세워져 있었다. 별은 방문을 꼭 닫았다.

종일 도서관에 앉아서 30년 전 신문을 검색했다.

케이의 사건을 찾는 건 쉽지 않았다. 배가 고프면 주차장에 내려와 양갱을 먹었다. 그 틈에 볕을 쬐었다. 파리하던 낯빛에 생기가 돌았다.

뭘 샀니?

별이 들고 있는 봉지를 보고 루가 물었다. 별은 롤케이크를 꺼내 보여주었다.

내가 말했잖아. 케이는 생크림케이크를 좋아한다고 말이야.

롤케이크는 별이 자기 먹으려고 산 것이었다.

11시에 도착할 거 같다고 케이한테 전화 왔었어.

별은 왜 자꾸 거짓말을 하는 거냐고 따지고 싶은 걸 눌러 참았다.

진짜 오는 거 맞아요?

루는 그렇다고 대답했다.

만약 오늘도 안 오면 두 번 다시 케이 얘기 꺼내지 마세요.

루는 약속을 못 했다.

오기로 한 사람이 늦는 것만큼 애가 타는 일이 또 없다. 약속을 어길 사람이 아닌데 왜 안 오는 것일까. 혹시 일이 틀어진 것은 아닌가, 심장이 자꾸만 내려앉았다. 루는 기차역 앞에서 가슴을 졸이며 서 있었다. 결국 케이는 나타나지 않았다. 밤 기차가 떠나고 대합실의 불빛마저 꺼졌다. 그때 루는 무얼 했던가.

춤을 추었다. 동이 틀 때까지 춤을 추고 또 췄다.

솔직하게 말해주세요. 케이라는 사람이 정말 있기는 했어요?

루는 별의 말이 이해가 안 갔다. 케이 없이 어떻게 별이 있을 수 있단 말인가. 두 사람은 서로의 존재를 증명하는 가장 강력한 증거였다.

네가 무슨 말을 하는지 모르겠어. 케이 없이 너는 어디서 온 거니?

별은 부엌에 갔다. 지독하게 허기가 졌다. 별은 맨손으로 롤케이크를 크게 한 줌 쥐고 입으로 가져갔다. 롤케이크 사이사이 박힌 블루베리가 입 안에서 서걱거렸다. 지금 씹고 있는 것이 빵인지 모래인지 구별이 안 되었다. 입 안 점막에 혓바늘이 잔뜩 돋았다. 상처에 빵 부스러기가 닿을 때마다 고통으로 볼을 실룩였다.

루는 새로운 의심이 들었다. 케이가 돌아오지 않는 것이 혹시 별 때문이 아닌가 하는. 케이가 별을 원했는지 아니었는지 알 길은 없다. 루는 케이가 떠나고 난 뒤에야 별의 존재를 알았다. 루는 지금껏 별이 케이를 돌아오게 하는 원동력이라 믿었다. 케이가 별 때문에 돌아오지 않을 수도 있다는 가능성은 처음부터 배제되었다.

케이가 돌아오리라 믿었던 건 어머니 때문이었다.

어머니는 극적으로 아버지의 손아귀에서 벗어났다. 새 삶을 살 수 있었지만 딸을 데리러 돌아왔다. 루와 어머니는 도로를 사이에 두고 마주 보고 섰다. 신호등은 빨간불에서 바뀔 생각을 안 했다. 아버지가 루의 뒤를 바짝 좇아왔다. 어머니는 앞뒤 재지 않고 도로에 뛰어들었다. 어머니가 도로를 무사히 건넜어도 두 사람은 아버지 손에 잡혔을 것이다. 도로에 뛰어들어야 했던 건 어머니가 아니라 루였다. 그것이 아버지로부터 도망칠 수 있는 유일한 기회였다.

루는 포장지에 묻은 크림을 핥고 있는 별을 쳐다보았다. 저 애는 도대체 누굴 닮아서 저렇게 식탐이 많은 거야. 불쾌한 기분을 넘어 혐오감이 생겼다. 못생기고 뚱뚱하고 둔한 데다 멍청하기까지 한 것이 못 견디게 싫었다. 원래 그녀들은 한 몸이었다가 둘로 나뉘었다는 사실을 루는 까맣게 잊었다.

케이는 자정에 온다고 했다. 별은 케이를 위해서 아무것도 준비하지 않았다. 집 안은 악취로 숨 쉬기가 힘들었다. 집을 다 뒤졌지만 냄새가 날 만한 건 없었다. 루는 집 안 곳곳에 향초를 피우고 전등을 껐다. 촛불의 심지가 일렁일 때마다 빈 벽에 그림자가 생겼다. 꼭 춤추는 연인들 같았다. 별은 양갱을 꺼내 먹었다. 단것을 먹었더니 뜨거운 차가 마시고 싶었다.

물을 끓이고 홍차를 우릴 준비를 했다. 열린 창으로 바람이 불어 들어왔다. 집 안 곳곳에 켜두었던 촛불이 동시에 꺼졌다. 바람은 거실을 한 바퀴 휘돌아 다시 밖으로 나갔다. 별의 머리칼이 바람에 날려 공중에 떴다가 다시 가라앉았다. 철커덕, 전기 주전자의 전원이 꺼지는 소리가 들렸다.

별은 새벽에 눈이 떠졌다. 루는 나가고 없었다. 별은 집 안을 샅샅이 뒤졌다. 케이가 실존 인물이라면 집 안 어딘가에 반드시 흔적이 남아 있을 터였다. 별은 루가 숨겨두었을 단서를 찾아 헤맸다. 루의 방에는 특별한 것이 없었다. 창고로 쓰는 빈방에서 정체불명의 검은 비닐봉지를 찾아냈다. 가발, 화장품, 옷가지와 구두 등이 나왔다. 가발을 빼면 루가 즐겨 사용하던 것이었다. 루가 입기에는 원피스가 한참 컸다. 원피스는 별의 몸에 딱 맞았다. 가발을 쓰고 화장까지 마친 별이 거울 앞에 섰다.

네가 별이니?

거울에 비친 별이 대답했다.

그런데요. 혹시 케이?

별이 고개를 끄덕였다.

자그마치 30년을 기다렸어요. 이제 우릴 데려갈 건가요?

글쎄.

또 버리려는 거군요. 그렇죠?

버리다니. 그런 끔찍한 말이 어딨니. 돌아갈 때가 돼서 간 것뿐이야.

별은 버럭 소리를 질렀다.

이제 알았어요. 당신은 처음부터 돌아올 생각이 없었어요. 루는 그것도 모르고 아직 미련하게 당신을 기다린다고요.

기다리라고 한 적 없어.

기다리지 말라고 한 적도 없죠.

별은 울고 싶었다. 하지만 울지 않았다. 눈물을 흘리는 사람은 루지 별이 아니었다. 별은 거울 속의 얼굴을 가만히 들여다봤다. 기괴하게 일그러진 얼굴이 루를 똑 닮았다.

배가 고팠다. 별은 루가 숨겨두었을 양갱을 찾아 거실 서랍을 뒤졌다. 서랍에는 아무것도 없었다.

한낮의 뜨거운 태양이 도시를 집어삼킬 듯 혓바닥을 날름거렸다. 거리에서 사람을 보기 힘들었다. 슬러시 기계는 쉭쉭 소리를 내며 돌아갔다. 선풍기에서는 뜨거운 바람만 나왔다. 출입문 종이 울렸다. 의자에 앉아 졸던 별이 눈을 치켜떴다.

"빈방 있어요?" 낯선 남자가 물었다.

별은 고개를 돌려 벽시계를 쳐다봤다. 7시가 되려
면 아직 멀었다.

아름다운 연기

나는 철제 의자에 앉으며 원기둥 모양의 클러치백을 허벅지에 올려놓는다. 정면에 앉아 있는 형사의 눈을 바라본다. 대답은 울먹이며 기어들어가는 소리로 짧게, 가끔은 말꼬리를 길게 빼며 슬픔의 여운을 남기는 것이 좋다. 충격과 슬픔에서 헤어 나오지 못하는 고상하고 마음 여린 중년 여인을 완벽하게 연기하기 위해서는 한 방울의 눈물이 절실한데 눈물은 끝내 나오지 않는다.

아줌마 내 말 꼭 기억해. 언제나 최후의 비밀 병기는 눈물이야.

그 애의 목소리가 귓가에 들리는 듯하다. 영화처

럼 멋있게 살다 연극처럼 극적으로 죽고 싶다던, 삶이 곧 리허설이라고 믿던 열아홉 소녀는 대학 입학을 앞두고 옥상에서 떨어져 죽었다.

연기가 먹힌 모양이다. 형사는 진정하라며 티슈 상자를 내 쪽으로 민다. 이럴 때는 고개를 왼쪽으로 돌리고 오른손으로 티슈를 뽑으며 코를 훌쩍이면 된다. 형사는 서서히 연기에 빠져든다. 나는 클러치백을 쓰다듬는다. 양가죽이 부드럽다. 클러치백은 오늘 공연에서 가장 중요한 소품이다. 클러치백을 두 손으로 단단히 잡는다. 형사가 커피를 마시겠냐고 묻는다. 나는 말없이 고개를 끄덕인다.

결혼하지 말고 배우가 됐더라면 좋았을 것을. 고등학교 때부터 연극 동아리 활동을 했다. 대학 4년 내내 주연을 놓치지 않았다. 졸업을 하고 당연하다는 듯이 극단에 들어갔다. 나는 줄리엣이 되고 윤심덕이 되고 니나가 되고 싶었다. 그리고 메디아가 되어 자신이 낳은 아이를 죽이는 격성적인 연기를 해보고 싶었다. 하지만 10년 넘게 단역 아니면 스태프 일을 했다. 그때 연출가인 남편을 만났다.

형사가 종이컵을 준다. 녹지 않은 커피 알갱이가 떠다닌다. 한 모금 삼킨다. 프림 때문에 커피가 텁텁하다. 나는 커피를 훌쩍이며 감정을 진정시키는 척한다. 벽시계를 본다. 오전 9시 50분이다.

"강지은이 누구의 과외 선생이었습니까?"

맞다. 그 아이, 이름이 지은이었지. 지은은 앉은자리에서 솜사탕을 세 개씩 먹어치우는 달콤한 아이였다. 비보이를 짝사랑하고 플라타너스 잎 같은 음모를 가지고 있었다.

"올해 6학년 올라가는 작은딸을 가르쳤어요. 이틀 모자라는 석 달 동안."

"기억력이 상당히 좋으시네요."

내 실수다. 의심해서 하는 말은 아니지만 날짜까지 정확하게 얘기한 건 과했다. 생각하기에 따라서 과외 선생은 소모품일 수 있다. 지나친 슬픔 또한 의심을 살 수 있다.

"어떻게 만났어요?"

예상했던 질문이다. 조심해야 하는 부분이기도 하고.

경찰서에서 참고인 자격으로 출두해달라는 전화를 받은 것은 아침 설거지를 하고 있을 때였다. 나는 말 한마디 잘못해서 피곤한 일에 휘말리고 싶지 않았다. 그래서 머릿속으로 질문을 예상하고 답안지를 작성했다.

"수영장에서 만났어요. 제 취미가 수영이거든요. 수능을 마친 지은이가 친구들과 수영을 배우러 오면서 자연스럽게 알게 됐어요."

거짓 없이 말한다. 심장은 제어가 불가능할 정도로 뛴다. 어찌 됐든 그건 진실이다. 형사에게 속마음까지 말할 의무는 없다.

여자에게 쉰이란 숫자는 권태를 의미했다. 아이들은 더 이상 날 필요로 하지 않았고 남편은 타인과 다를 바 없었다. SNS에서 내 삶을 근사하게 포장하는 일도, 프티성형에도 이력이 났다. 나는 자신에게마저 무신경한 상태였다. 수영을 마치고 나온 샤워장에서 권태의 이유를 깨달았다. 지은의 나체를 보게 된 것이다. 말라비틀어진 줄 알았던 열정이 깨어나는 걸 느꼈다. 그날 아침 나는 다시 태어났다.

젊음과 아름다움을 동시에 간직한 여체는 나를 사로잡기에 충분했다. 성인 주먹만 한 유방은 탄력적이고 유두와 유륜 주변은 엷은 핑크색이었다. 어깨는 좁고 말라 보호본능을 불러일으켰고 매끈한 허리선과 복근은 잘 빚어놓은 도자기 같았다. 시선은 물방울을 따라 은밀한 부분으로 옮겨갔다. 플라타너스 잎처럼 풍성한 음모가 아름다웠다. 나는 뒤늦게 너무 표 나게 힐끔거린 것을 깨닫고 서둘러 샤워장을 빠져나왔다.

저 여자야. 시팔 재수 없어.

지은이 날 가리켰다. 친구들이 험한 욕을 내뱉었다. 나는 드라이를 하는 둥 마는 둥 하고 탈의실을 빠져나왔다.

"이보세요, 김진숙 씨!"

"네?"

못된 짓을 하다 걸린 아이처럼 찔끔 오줌을 지리고 만다. 다행히 양은 적은데 냄새가 문제다. 진작 요실금 수술을 받을걸. 이제 와서 후회해봐야 소용없다.

"뭔 생각을 그렇게 골똘히 해요."

"아닙니다, 아무것도. 뭐라고 하셨죠?"

"과외 선생 하기엔 너무 어린 거 아니냐고요. 명문대생도 아니고."

질문에 대한 대답은 이미 정리되어 있다. 침착해야 한다. 완벽한 여체를 가진 꼬마 요정은 사라지고 없다.

"그건…… 우리 애한텐 언니 같은 과외 선생이 어울릴 것 같아서요. 애가 강압적인 걸 싫어하거든요. 그리고 지은이도 명문대에 들어갈 만큼 성적이 좋았어요. 장학금 때문에 낮춰서 간 거예요."

이번에는 트릭을 쓴다. 잠시 생각을 정리하는 흉내를 내면서 '그건'이라고 말할 때 상대방이 듣기에 '그으거어언'으로 들리게 늘인다. 대답을 미리 생각해놓은 게 아니라는 걸 보여줄 필요가 있다. 형사가 수긍한다는 듯이 고개를 끄덕인다. 나는 생각해두었던 대답을 마저 한다.

"부모가 이혼하면서 양육을 서로 떠넘겼던 모양이에요. 어쩔 수 없이 할머니랑 살고 있다고 하더라고요. 착한 아인데 불쌍하게 됐어요."

대사 중간에 안타깝다는 듯이 혀를 찬다. 나는 자세를 고쳐 앉는다. 다리가 덜덜 떨린다.

남편이 연기를 보지 못한 것이 못내 아쉽다. 이 순간, 스태프가 아니라 배우를 했더라면 대성했을 거라는 안타까움이 든다. 형사는 모니터에 시선을 고정하고 있다. 시계는 10시 30분을 향하고 있다. 평소 같으면 지은과 수영을 하고 있을 시간이다.

지은을 만나고 돌아온 날이었다. 나는 현관문을 단단히 걸어 잠갔다. 거실의 모든 창을 커튼으로 막았다. 알몸을 거울에 비춰 보았다. 거울 속에는 여자도 아니고 남자도 아닌, 젊지도 늙지도 않은 사람이 서 있다. 모든 것이 낯설게 느껴졌다. 이사를 오면서 들여놓은 벨벳 소파도, 신혼 초부터 보아온 마호가니 식탁도 처음 보는 것 같았다. 가족사진 속의 환하게 웃는 중년 여자가 나 같지 않았다. 나는 거실 서랍을 뒤져서 빛바랜 사진첩을 찾아냈다. 사진 속의 여자는 젊고 아름다웠으며 한때는 진숙이란 이름으로 불리던 여자였다. 그녀는 과거의 나였다. 그렇다면 현재의 나는 어디로 사라졌단 말인가. 나의 젊음, 나의 열정, 나의 사랑, 나의 시간은. 젊음은 수술용 실처럼 삭아서 지금의 얼굴에 흡수되고 없었다. 나는 낡은 사진첩에 박제되어 있었다. 나는 사라진 것일까. 이제는 존재하지 않는 것일까. 나를 찾고 싶었다. 아니 꼭 찾아야만 했다.

남편은 새벽 1시가 넘어서야 왔다. 왜 이렇게 늦었냐는 질문에 공연 연습 때문에 정신이 없다며 서둘러 욕실로 자취를 감추었다. 언제나 연습이 문제였다. 새벽 4시에 들어와도 외박을 해도 남편은 당당했다. 작가와 각색하느라, 재녹음을 해야 해서, 조명 감독과 상의할 것이 있어서. 외박의 핑곗거리는 지천에 널려 있었다. 신혼 초에 남편을 길들이려고 한 적이 있었다. 그때마다 남편은 배우 못지않은 연기력으로 가면을 바꿔 썼다. 불쌍한 가면은 상습적인 거짓말로 벗겨졌다. 화난 가면은 아이들이 커가면서 벗겨졌다. 무신경한 가면은 오래갔다.

형사가 물었다.

"특별히 친해진 계기가 있나요?"

"수영장에서 작은 소동이 있었는데 그때 개인적인 얘기를 하면서 많이 친해졌어요."

"도벽이 있었던 건 아시죠?"

"무슨 말씀이세요? 지은인 남의 물건에 손대고 그런 애 아니에요."

거짓말이 술술 나온다. 더는 머리를 짜내며 연기할 필요도 없다. 생활을 윤택하게 만들어주는 사소한 거짓말을 하는 것과 별반 다르지 않다. 자리가 익숙해지고 있다는 증거다. 다만 축축한 속옷이 신경을 자극한다. 화장실에 다녀오고 싶은데 도통 타이밍을 잡을 수가 없다. 나는 숨을 크게 들이쉰다. 냄새가 나는 것도 같고 아닌 것도 같다.

"할머니가 증언한 내용이니까 맞을 겁니다. 그게 애 잘못만은 아니죠. 엄마라는 사람은 딸내미가 죽었다는데 아직까지 코빼기도 안 비치고 아버지라는 작자는 연락 두절입니다."

지은을 만나고 며칠이 지났을 때였다. 백화점에서 장을 보고 1층을 통해서 주차장으로 가고 있었다. 봐요, 라는 앙칼진 목소리가 들렸다. 손님들이 몰리고 보안 요원이 달려왔다. 누군가 화장품을 훔치려다 잡힌 모양이었다. 나는 주차장 쪽으로 발길을 돌렸다.

시팔 재수 없어.

이 목소리, 정신이 번쩍 들었다.

훔친 거 아니에요. 우리 엄마가 와서 계산할 거란 말이에요.

나는 쇼핑백을 떨어트린 줄도 모르고 매장으로 달려갔다. 구경꾼들을 뚫고 매장 앞에 멈춰 섰다. 더는 다가가지 못한 채 목석처럼 가만히 있었다. 지은하고

166

눈이 마주쳤다. 우리는 서로의 눈을 뚫어져라 쳐다보았다. 나는 말을 하려고 했지만 입 속에서만 맴돌 뿐 밖으로 나오지 않았다. 지은이 내 품으로 뛰어들더니 악을 쓰듯이 소리쳤다.

엄마 왜 이제 와. 저 여자가 날 도둑으로 몰았단 말이야.

지은이 누명을 쓴 것이 억울하다는 듯이, 내가 진짜 엄마인 것처럼 서럽게 울었다. 화장품 매장에서 친딸처럼 살갑게 굴던 지은은 주차장에서 돌변했다. 화장품이 든 쇼핑백을 낚아채 인사도 없이 돌아섰다.

얘, 얘, 학생!

왜요? 고맙다는 인사라도 하라고요?

그런 게 아니라.

어쩌라고요. 아, 화장품은 놓고 가라고요? 시팔 재수 없어.

지은은 쇼핑백을 내동댕이치고 뛰어갔다. 아무리 불러도 돌아보지 않았다.

백화점 사건이 있고 얼마 후 안내 데스크에서 지은을 다시 만났다. 지은은 직원과 수강료 환불 문제로 실랑이를 하고 있었다. 지은은 수영장을 3개월 등록했는데 개인 사정으로 못 다니게 됐으니 한 달 수강료를 제외한 돈을 환불해달라고 했다. 직원은 연기는 가능하지만 환불은 절대 불가능하다는 입장이었다. 지은은 차근차근 사정을 설명했다. 직원은 안 된 다는 말만 반복했다. 아무리 설득을 해도 의견이 받 아들여지지 않자, 지은의 태도가 돌변했다. 갑자기 소리를 지르며 화를 냈다. 결국 분노를 이기지 못하 고 바닥에 주저앉아 울었다. 수강생들이 몰려왔다. 직원은 뒤늦게 지은을 달랬다. 실장이 놀라서 뛰어나 왔다. 지은은 더 큰 소리로 울었다.

제가 달래볼게요.

나도 모르게 말이 튀어나왔다. 어디서 그런 용기 가 나왔는지 지금도 모르겠다. 지은은 순순히 나를 따라 휴게실에 왔다. 실장은 환불해주겠다고 약속했 다. 휴게실에는 아무도 없었다. 지은은 내 품에 안겨 오래도록 헐떡였다. 엄마를 잃어버렸다가 찾은 꼬마 처럼 서럽게 젖가슴을 파고들었다.

또 아줌마야. 진짜 웃기고들 있어. 눈물 몇 방울에 바로 꼬리 내릴 것들이. 아줌마는 내가 진짜로 울었 다고 생각해? 어차피 인생은 쇼잖아. 안 그래? 난 연 기 연습을 한 거야. 사랑하는 사람한테 배신당한 비 련의 여주인공. 아줌마 내 연기 어땠어?

지은은 배우가 되기에 충분한 재능을 가졌다. 의 지만으로 눈물을 흘릴 수 있다는 건 큰 장점이었다. 단점도 명확했다. 몰입된 감정에서 빠져나오는 시간 이 너무 길었다.

설득 끝에 지은은 수영장을 계속 다니기로 했다. 그리고 딸애의 과외 선생을 하기로 했다. 나는 사물함에 넣어두었던 화장품을 돌려주었다.

지은은 과외 선생 역할을 성실히 수행했다. 일주일에 수업이 세 번 있었는데 지각 한 번 하지 않았다. 딸애도 지은을 친언니처럼 잘 따랐다.

지은이 자그마한 화분을 들고 나를 찾아왔다. 나는 오렌지주스와 딸기를 내놓았다. 지은은 딸기에는 손도 대지 않았다. 우리는 말없이 앉아 있었다.

솜사탕 만들어 줄까?

나는 가정용 솜사탕 기계에 설탕을 넣었다. 지은이 신기한 표정으로 솜사탕 만드는 과정을 지켜보았다. 솜사탕을 지은의 손에 쥐여주었다. 솜사탕을 한 입 베어 문 지은이 환하게 웃었다. 나하고 눈을 맞추고 더 만들어 줄 수 있냐고 물었다.

아줌마, 이 다육이 이름이 뭔지 알아?

글쎄.

녹비단. 잎 모양 때문에 나비라는 애칭으로 불리기도 해. 꽃말은 눈물. 나비가 번데기를 뚫고 나올 때 꼭 한 방울의 눈물을 흘리는데, 그때 나비의 눈물이 떨어진 자리에 녹비단이 자라는 거야. 근데 나비는 슬퍼서 우는 걸까 기뻐서 우는 걸까?

지은이는 그런 얘길 어디서 들었니?

할머니. 우리 할머니는 뭐든 다 알거든. 아줌마 이거 알아? 진정성은 마음에서 나오는 게 아니야. 눈물에서 나오는 거지. 난 나비가 슬퍼서 우는 거라고 생각 안 해. 나비는 자신의 과거가 부끄러운 거야. 축축하고 미끈거리는 징그러운 몸뚱이가 싫었던 거지. 내가 나비라도 두 번 다시 돌아가지 않을 거야.

지은은 코를 찡긋거렸다. 잠깐 슬퍼하는 것도 같았다. 그러더니 직접 솜사탕을 만들기 시작했다. 기분이 좋은지 콧노래까지 흥얼거리며 같이 수영 다니는 친구들 이야기를 한동안 했다. 좋아하는 남자라며 핸드폰에서 사진을 한 장 보여줬다. 잘생긴 청년이었다. 지은의 입술이 귀에 가깝게 다가왔다. 남자의 이름은 희준이라고 했다. 비보이인데 지금은 클럽에서 춤을 춘다고 했다. 언제 한번 클럽에 같이 가자는 말도 했다. 지은의 숨소리가 불규칙하게 흔들렸다. 느닷없이 불쑥 월급을 가불할 수 있느냐고 물었다. 나는 인터넷뱅킹으로 돈을 이체했다.

남편을 기다리다 잠이 들었다. 나는 흉측한 애벌레로 변해 떫은맛이 나는 나뭇잎을 갉아 먹고 있었다. 분홍 날개를 가진 나비가 날아와 속삭였다.

너 같은 건 나비 못 돼. 시팔 재수 없어.

나는 소리 죽여 울면서 볼이 터지도록 나뭇잎을 씹었다.

남편이 깨웠다. 자면서 뭘 그렇게 식식거리냐고 했다. 침대에 가서 자라고 말하고는 욕실에 들어갔다. 새벽 2시가 넘었다. 나는 갈증이 나서 부엌으로 갔다. 냉수를 마셨다. 목이 더 탔다. 콜라를 마셨다. 갈증은 사라지지 않았다. 독한 술을 삼킨 듯 속에서 불이 솟구쳤다. 나는 옷을 벗고 샤워를 하는 남편에게 다가가 뒤에서 껴안았다. 남편은 화들짝 놀라더니 왜 이래?라며 나를 밀어냈다. 안 하던 짓하고 있어. 남편은 욕실 문을 소리 나게 닫고 나갔다. 오늘은 또 누구랑 있었어? 뭐 하느라 이제 들어온 거야? 좋았니? 좋았어? 내 질문은 물소리에 묻혀 하수구로 빨려 들어갔다.

남편은 그날 일이 미안했던지 크리스마스를 해외에서 보내자고 했다. 아이들은 고모네 가족들과 스키장에 보내고 둘이서 신혼 기분을 내자며 콧소리를 냈다. 내가 싫다고 하자, 남편은 느끼한 웃음을 흘리며 스킨십을 시도했다. 남편의 가면 중에서 내가 제일 싫어하는 게 자상한 가면이었다. 나는 사람들 앞에서 남편의 가면을 벗겨버리는 상상을 자주 했다. 나는 남편이 싫어할 만한 말을 골라서 뱉었다. 징그럽게 왜 이래요? 남편은 불같이 화를 내다가 벽이 흔들리도록 현관문을 세게 닫고 나가버렸다.

"남편도 강지은 알아요?"

나는 시선 처리를 어떻게 해야 할지 모를 만큼 당황한다. 남편의 이야기가 여기서 나오리라고는 예상 못 했다. 불안감은 불길한 예감과 합해져 나를 심하게 흔들어놓는다. 내가 알고 있기로 그 사람은 지은을 딱 한 번 만났다.

남편은 사흘 동안 전화 한 통 없이 집에 들어오지 않았다. 아이들은 고모네 식구들과 스키장에 가기로 했다. 남편은 일주일은 지나야 집에 돌아올 것이다. 나는 지은과 크리스마스를 같이 보낼 궁리를 하고 있었다. 지은에게 전화를 걸었다. 스키복 사러 같이 갈 수 있냐고 물었다. 지은은 대번에 좋다고 했다. 예상외의 답변이라 나는 한동안 어리둥절했다.

백화점에 갔다. 우리는 속옷 매장 앞을 지나갔다. 마네킹이 입고 있는 새빨간 브래지어가 눈에 띄었다. 나는 무심하게 말했다.

저거 괜찮다.

사과 같아.

지은이 발길을 멈추고 감탄했다.

입어봐. 내가 사 줄게.

나는 내가 이브에게 선악과를 권하는 뱀 같다는 생각을 했다.

75, B컵이요.

내가 직원에게 말했다. 지은이 자기 속옷 사이즈

를 어떻게 아느냐는 듯이 나를 쳐다보았다. 나는 싱긋 웃어 보였다. 빨간 속옷을 입은 지은을 상상했다. 지은의 가슴은 어떤 감촉일까. 풍선처럼 탱탱하면서 말캉거릴까, 카스텔라처럼 부드러우면서 폭신할까. 상상의 나래를 펼치는데 지은이 탈의실에서 나왔다. 속옷이 마음에 드는지 수줍게 웃었다. 나는 속옷을 몇 벌 더 사 주었다. 쇼핑을 도와줘서 고맙다는 명분이 따랐다. 어른 흉내를 내며 감정을 나타내지 않던 지은이 어린애처럼 좋아했다. 고음의 웃음소리가 그렇게 사랑스러울 수 없었다.

우리는 쇼핑을 마치고 입이 얼얼하도록 아이스크림을 먹고 따뜻한 코코아를 마셨다. 거리로 나왔다. 구세군 자선냄비에 1000원짜리 지폐를 한 장씩 넣었다. 코인노래방에 갔다. 입구에서부터 퀴퀴한 냄새가 올라왔다. 룸에서는 찌든 담배 연기 냄새가 났다. 나는 숨이 막혔다. 지은은 배우가 되려면 노래는 기본이기 때문에 자주 코인노래방에 온다고 했다. 내가 노래를 못 부른다고 하자, 지은은 혼자서 노래를 불렀다. 나는 낙서가 빼곡한 벽지에 진숙과 지은 이곳을 다녀가다, 라고 몰래 썼다.

과외 시간에 맞춰 집에 돌아왔다. 남편과 아이들이 피자를 먹고 있었다. 남편에게 지은을 소개했다. 남편이 지은에게 피자를 권했다. 지은이 돌아가고 안

방으로 들어갔다. 남편은 침대에서 책을 읽고 있었다. 나는 말없이 이불 속으로 몸을 쑤셔 넣었다. 남편을 외면한 채 모로 누웠다. 남편의 서늘한 손바닥이 가슴을 파고들었다. 과외 선생 어려 보이던데 몇 살이야? 나는 가만히 있었다. 저녁까지 뭐 했어? 둘이 친한가 봐. 뭐야 말 좀 해봐. 남편이 치근덕거렸지만 나는 잠든 척했다.

"남편은 지은이를 몰라요."

"거짓말이죠."

"거짓말이요?"

"남편분이 연출하는 공연에서 주인공을 한다고 친구들한테 떠들고 다녔어요."

불길한 예감은 틀릴 때보다 맞을 때가 더 많다. 기억을 더듬어 남편과 지은이 만난 날을 떠올린다. 피자를 권하던 남편의 눈에서 비릿한 욕망을 본 것 같기도 하다.

"그런 일이 있었어요? 그런 아인지 몰랐는데……."

나는 교묘히 지은을 비난한다. 내 선택이 옳았다는 확신이 든다. 손을 내밀 때와 거둘 때를 정확히 해야 한다는 남편의 말이 진리같이 느껴진다.

클러치백이 무릎에서 미끄러진다. 나는 얼른 클러치백을 잡는다. 클러치백을 떨어뜨리는 장면은 여기가 아니다. 나는 클러치백을 꽉 잡는다.

"질문 하나만 더 하고 정리하죠."

마지막 질문이라면 자살 동기가 될 것이다. 긴장이 풀린 탓인지 젖은 속옷이 찝찝하다. 조사를 마치면 화장실부터 들러야겠다. 소변이 치마까지 적셨을까 봐 걱정된다. 벽시계는 11시 20분을 가리키고 있다.

갑자기 조사실 문이 벌컥 열리더니 30대 초반으로 보이는 남자가 다급하게 형사를 찾는다. 나는 화장실을 다녀올 테니 신경 쓰지 않아도 된다고 말한다.

좌변기에 앉는다. 소변이 몇 방울 떨어진다. 팬티를 뒤집어 살펴본다. 다행히 거의 젖지 않았다. 팬티라이너가 없다. 아침에 서두르느라 챙기는 걸 잊어버렸다. 어떻게 해야 할지 몰라 잠시 망설인다. 팬티에 휴지를 대충 덧대고 화장실을 나온다.

형사가 기다리고 있다.

"몇 가지 더 물을 건데 솔직하게 대답해요. 거짓말할 생각 말고."

다 끝난 줄 알았는데 몇 가지 더 묻는다니 혼란스럽다. 형사의 사무적인 말투도 귀에 거슬렸다.

"강지은이랑 무슨 사이였어요?"

"무슨 사이라뇨?"

"되지도 않는 애를 데려다 과외시키고 화장품 사

주고. 그게 보통 사이야?"

지금 이 표정과 말투, 뭔가 잘못되고 있다. 경찰은 감으로 수사한다고 했던가? 팔짱을 끼고 앉아 내 눈을 뚫어지게 쳐다보는 저 남자, 뭔가를 눈치챈 게 분명하다. 거짓의 냄새를 맡은 사냥개가 진실을 빨아들이려는 듯이 내 눈을 쏘아본다. 사람의 직감이라는 것은 참으로 무섭다.

"그저께 뭐 했어요?"

어디서부터 연기가 잘못된 것인지 알 수 없다. 침착해야 한다. 형사의 페이스에 말려서는 안 된다. 나는 천천히 복식호흡을 한다.

"수영장 다녀와서, 계속 집에 있었어요. 청소하고 아이들 저녁 차려 주고 TV 보다가, 12시쯤 잠자리에 들었어요."

"아침까지 잠만 잔 거 맞아요?"

망치로 한 대 맞은 기분이다. 휴대폰 통화 내역을 조사한 게 분명하다. 지금까지 왜 그 생각을 못 했을까. 집중하자. 내가 살길은 이것뿐이다.

"그저께 밤에 김진숙 씨가……."

지금이 바로 태도의 변화가 필요한 시점이다.

"최 형사님."

형사의 말을 치고 나간다. 이러한 화술을 쓰면 두 가지 이득을 볼 수 있다. 첫째는 내 말의 진정성을 보장받기 위함이고, 둘째는 기선을 제압해두려는 속셈이다. 갑자기 의도하지 않았던 눈물이 흐른다. 눈물은 젊음의 소멸과 함께 사라졌었다. 지금 이 눈물의 의미는 무엇일까. 미안함, 연민, 동정, 어떻게든 이 자리를 벗어나야겠다는 절박함, 이것도 저것도 아니면 죄책감일까. 형사는 의아한 눈길로 나를 쳐다본다. 잠시 뒤 걸려들었구나, 확신하는 표정을 짓는다.

"사실은……."

나는 한숨을 깊게 내쉰다. 입술을 앙다물고 꿀꺽, 소리 나게 침을 삼킨다. 머리카락을 귀 뒤로 쓸어 넘긴다.

"말하지 않은 게 있어요. 끝까지 침묵하려고 했는데."

다시 눈물이 흐른다. 주체할 수 없을 정도로 많은 눈물이 볼을 타고 떨어진다. 가슴이 아린다. 원인 모를 서러움이 목구멍까지 치밀어 올라와 말문이 막힌다. 계산된 연기는 실제로 옮겨지지 않는다.

"진정하고 천천히 말하세요."

형사의 목소리가 한결 부드러워진다. 검은 얼굴에 여드름 자국이 보기 흉한 이 사람은, 이제부터 내가 하는 말을 전부 믿어줄 것이다. 눈물은 진실성을 보증하는 절대적 무기다.

"지은이가 죽던 날 밤에 통화를 했어요. 과외를

마치고 나가는데 얼굴이 너무 안 좋아서 제가 밤늦게 전화를 걸었어요."

"뭐라고 하던가요?"

지은은 울지 않았다. 절망에 빠져 있지도 부끄러워하지도 않았다. 승리의 여신이라도 된 듯 당당했다.

"약속해주세요. 지은이를 보호해주겠다고. 불쌍한 그 아이를 세상의 구경거리로 만들지 않겠다고요."

"김진숙 씨 마음 다 이해해요. 안심하고 말하세요."

남편이 지은이 흥얼거리던 멜로디를 그대로 따라 부르거나, 아이스크림과 코코아를 같이 먹을 때만 해도 나는 아무것도 알아차리지 못했다. 시원하게 뚫린 간선도로에서 앞차가 급정거했을 때 남편의 입에서 시팔 재수 없어, 라는 말이 튀어나올 때까지도. 그날 처음으로 남편의 서류 가방을 뒤졌다. 공연 대본 사이에서 캐스팅 서류를 발견했다. 모든 배역의 캐스팅이 완료되었고 주인공 자리에 '강지은???'으로 표시되어 있었다. 남편의 휴대전화를 훔쳐보았다. 잠금 패턴은 니은 자 모양이었다. 악하면서 허술한 남편 같은 사람이 최악의 인간이었다.

"민감한 부분은 언론에 비밀로 할게요. 약속해요."

나는 눈동자를 이리저리 굴린다. 지금껏 법을 어
긴 적 없었다. 흔한 불법주정차나 신호위반 한번 한
적 없는 깨끗하고 선량한 시민이라고 소리치고 싶었
다.

　"임신했대요."

　"네? 애 아빠가 누굽니까?"

　"클럽에서 일한다고 했어요. 이름이, 희준이라고
했던가?"

　형사가 밖에 대고 소리친다.

　"어, 김 형사, 휴대폰 통화 내역 다시 조사해. 클럽
에서 일하는 희준이라는 남자 찾아. 강지은 임신이
래. 빨리 움직여."

　형사는 내 말을 그대로 믿는 눈치다.

　"바쁘신데 수고 많으셨습니다. 수사하는 데 많은
도움됐습니다."

　나는 일어서다가 현기증이 난 것처럼 비틀거린다.
그러면서 클러치백의 고리를 슬쩍 연다. 클러치백을
떨어뜨린다. 요란한 소리를 내며 내용물이 사방으로
흩어진다. 형사가 자기가 주워 담을 테니 나더러 쉬
라고 말한다. 나는 의자에 다시 앉는다. 지갑과 거울,
립스틱을 가방에 쑤셔 넣던 형사의 얼굴이 굳어진다.
테니스 장갑을 들고 이리저리 살펴본다.

　"왜 그러세요?"

"이거 누구 겁니까?"

여기가 이 연극의 하이라이트다. 20세기의 명연기라면 〈햄릿〉의 로렌스 올리비에나 〈욕망이라는 이름의 전차〉의 말론 브란도를 뽑는 사람들이 많다. 나는 영화 〈007 시리즈〉에서 M 역으로 유명한 주디 덴치의 연기를 뽑고 싶다. 그녀는 60대의 나이에 〈안토니우스와 클레오파트라〉에서 클레오파트라 역을 맡아 나이와 외모를 뛰어넘는 완벽한 연기를 해냈다. 나는 오늘 내 인생의 명연기를 펼쳐 보일 것이다. 나는 수십 번 연습했던 대사를 한다.

"남편이요. 테니스를 워낙 좋아해서 겨울에도 치거든요. 근데 한 짝을 잃어버려서 사려고 가지고 나왔어요. 이탈리아 여행 갔다가 산 건데 백화점에 같은 제품이 있을지 모르겠어요."

형사가 다시 묻는다. 남편이 강지은을 정말 모르느냐고. 나는 곰곰이 생각하는 흉내를 낸다. 그러다 무언가 생각난 듯 손뼉을 친다.

"아, 맞아요. 언젠가 피자를 같이 먹은 적이 있어요."

형사는 장갑을 빌려줄 수 있느냐고 묻는다. 이유를 묻자 나중에 말해주겠다고 답한다. 형사는 다시 출두해줄 수 있느냐고 묻는다. 나는 언제라도 시간을 내겠다고 대답하고 조사실을 빠져나온다.

지은은 내 말대로 옥상에 나와 있었다. 나는 남편의 베이지색 파카를 걸치고 검은색 야구 모자를 눌러썼다. 지은이 나를 의아하게 쳐다보았다. 지은한테서 베이비파우더 향이 풍겼다. 햇사과처럼 풋풋했다. 이제 곧 사라질 젊음이 안타까워 나는 조바심이 났다. 우리는 말없이 옥상 아래를 내려다보았다. 지은은 난간에 몸을 기대고 시소를 타는 것처럼 흔들었다. 나는 중년이 된 지은을 상상했다. 저절로 인상이 찌푸려졌다.

넌 배우는 못 될 거야.

지은은 무슨 소리냐고 눈으로 물었다.

연기가 너무 서툴러.

뭐라고요?

내 남편이라면 널 배우로 만들어줄 수도 있지. 희준이랑 헤어지고 나한테 올래?

미친년.

뭐라든. 사랑한대? 아님 배우 만들어주겠대. 그 인간이 임신시킨 애가 한둘인 줄 알아.

지은이 나를 빤히 쳐다보았다.

난 달라. 널 위해서라면 못 할 일이 없어.

구역질 나. 꺼져.

시팔 재수 없어. 너란 아이.

나는 난간에 기대어 시소를 타던 지은을 옥상 밖

으로 밀어버렸다. 지은은 비명조차 지르지 못하고 떨어졌다. 나는 끼고 있던 테니스 장갑을 벗어 옥상 밖으로 던졌다.

캐스팅 서류의 강지은이 내가 아는 지은이 아닐지도 모른다. 지은의 배 속 아이가 희준의 아이일지도 모를 일이다. 그런다고 뭐가 달라졌을까.

새벽에 잠자리에 들어 뒤척이는 남편에게 경찰서에 다녀오겠다고 말했다. 남편의 얼굴이 일그러졌다. 지은이 옥상에서 투신했다고 하자 남편은 옆 동에서 불이 났을 때보다 더 시큰둥한 표정을 지었다.

나는 화장실에 간다. 자주색 립스틱을 입술에 꼼꼼히 바른다. 정오의 햇볕이 따스하다. 아침에 아파트 화단에 옮겨 심은 녹비단은 눈부신 햇살을 받으며 잘 자랄 것이다. 나는 주차장으로 발길을 돌린다.

길가에 서서

알람이 울리기도 전에 눈이 떠졌다. 예민한 성격 탓에 일이 있는 날은 알람 없이도 일어나지만, 알람을 꼭 맞춰놓는 건 혹시나 일어나지 못하면 어쩌나 하는 불안 때문이다. 어둠 속에서 천장을 가만히 올려다보았다. 야광별은 빛나지 않았다. 잠에서 깼을 때, 혼자라는 생각에서 벗어나기 위해 붙여놓았지만 야광별은 잠들기 전까지만 볼 수 있었다.

　가스 불에 누룽지를 올리고 머리를 감았다. 냉장실에서 마스크팩을 꺼내 부은 얼굴에 올리고 머리를 말렸다. 파운데이션이 밀려서 여러 번 덧바르다 보니 평소보다 화장이 진해졌다. 눈썹도 예쁘게 그려지지 않았다. 무용 콩쿠르에 나가면서 무대 분장에 익숙해진 탓인지 내가 그린 눈썹은 지나치게 두껍거나 짙었다. 무용을 그만둔 지 오래지만 눈썹이 빈 곳만 채워서 자연스럽게 그리는 건 여전히 어려웠다. 누룽지는 먹기 좋게 퍼져 있었다. 누룽지에 미강가루를 뿌려 간장과 함께 먹었다. 언젠가 인터넷에서 본 혈액형별 걸리기 쉬운 질병 분류표에 의하면 A형은 위장장애였다. 스트레스성 위경련과 만성 역류성 식도염으로 고생하는 처지에서 보면 틀린 말은 아니었다. 위염약과 공황장애약, 비타민 등의 각종 영양제까지 수북한 알약을 한 입에 털어 넣었다.

6시 50분에 출발하는 고속철을 타려면 서둘러야 했다. 기차를 놓치면 입학식에 늦을지도 몰랐다. 상앗빛 블라우스에 베이비핑크색 정장을 걸쳤다. 여동생 결혼식 때 입었던 정장인데 가진 옷 중 유일하게 백화점 물건이었다. 봄 정장만 입기에는 추웠지만 그렇다고 롱패딩을 걸치고 싶지는 않았다. 사회인으로 10여 년을 살았는데 제대로 된 코트 한 벌 없다는 게 허무해서 옷장을 들여다보다가 한숨을 내쉬었다. 겨우내 두르고 다니던 기하학적인 무늬의 스카프만 집어 들고 서둘러 집을 나왔다.

하이힐을 신고 걷기에는 길이 가팔랐다. 허벅지에 힘을 주고 조심해서 한 발 한 발 내디뎠다. 하이힐을 신고 걸을 때 나이를 실감한다는 말을 이제야 알겠다. 20대 때는 10센티미터 킬힐을 신고도 신호가 바뀌는 건널목을 뛰어다녔다. 객차에서 종일 하이힐을 신고 일해도 족욕과 마사지를 해주면 다음 날 또 멀쩡해졌다. 20대 중반의 나와 30대 후반의 나는 또 뭐가 달라졌을까. 20대 때는 잠들기 직전까지 풀메이크업을 고수했는데, 지금은 한 달에 한 번 서울역으로 1인 시위를 나갈 때만 화장을 하고 평소에는 비비크림만 발랐다. 예전에는 사람들과 어울리는 것을 좋아해서 각종 동호회 활동에 다양한 운동까지 섭렵했지만 지금은 좁고 어두운 방에 혼자 있을 때가 가장 편했다. 사람을 만나는 걸 무척 꺼리게 됐는데 처음 만난 자리에서 나를 뭐라고 소개해야 할지 몰라서였다. 명절 때만 보는 친척들도 그렇고 몇 년에 한 번씩 보는 동창들도 내가 복직 투쟁을 한다는 사실을 잊어버리고는 요즘 뭐 하냐고 물었는데 그때는 정말 난감했다. 곧 복직될 거 같아, 라고 하면 아직도 그러고 있어, 라거나 해결된 거 아니었어?라고 물었다. 나를 가장 경악시킨 말은 지겹다, 였다. 그 말을 아무렇지 않게 내뱉는 사촌 언니와 더는 말하지 않았다. 징글징글하다고 말한 건 엄마였다. 나는 전화기에 대고 엄마 같은 사람이 진짜 징그러운 사람이라고 퍼부었다. 엄마가 울음을 터뜨리는 바람에 싸움은 흐지부지

끝났지만 그날 일로 우리 모녀는 다시는 전과 같아질 수 없게 되었다. 내가 편하게 만나는 유일한 사람은 같은 아픔을 겪고 있는 서른세 명의 해고 여승무원뿐이었다. 한 명이 떠나기 전엔 서른네 명이었다.

마을버스는 오래도록 오지 않았다. 이른 시간인데다 바람까지 불어서 생각보다 추웠다. 클러치백을 들고 있는 오른손은 감각이 없었다. 화장대에 올려둔 장갑이 생각났지만 가지러 갈 시간은 되지 않았다. 왼손으로 오른손을 주물렀다. 주머니에 넣고 있던 왼손은 그나마 온기가 돌았다. 마을버스가 정류장 앞에 정확히 멈춰 섰다. 엔진에서 뿜어져 나오는 후덥지근한 공기가 얼굴로 쏟아졌다. 황토 숯가마에 들어간 듯 버스 안은 따뜻했다. 바람을 맞아 허옇게 일어난 손에 핸드크림을 발랐더니 금방 촉촉해지고 윤기가 돌았다. 달콤한 복숭아 향이 사방으로 퍼졌다. 입 안 가득 침이 고였다. 알레르기가 있지만 복숭아는 가장 좋아하는 과일이었다. 예전 남자 친구였던 세훈은 복숭아 음료를 사 줄 때마다 네가 아는 것은 복숭아 향뿐이라고 놀렸었다. 세훈과 헤어졌던 그해 여름에 나는 세훈이 보는 앞에서 복숭아를 크게 한 입 베어 물었다.

내가 알고 있는 게 가짜라는 말, 두 번 다시 하지 마.

세훈이 시장 바닥에 패대기쳐놓은 검은 비닐봉지에서 복숭아 과즙이 흘러나왔다. 달콤한 향기가 골목 구석구석 퍼져 나갔다. 자잘한 수포가 올라오는 뺨을 벅벅 긁으면서 나는 입 안 가득 고인 침을 삼켰다.

대기실 한편에 있는 편의점에 들어가서 슈크림빵과 핫바, 감자칩, 그리고 복숭아 향이 첨가된 음료를 샀다. 복숭아 과즙이 1퍼센트도 들어 있지 않지만 정확하게 복숭아 맛이 나는 음료수를 나는 편의점 한쪽에 서서 게걸스럽게 마셨다.

플랫폼으로 내려가는데 가슴이 뛰고 식은땀이 났다. 심장박동수가 치솟으면서 흉통이 심해졌다. 산소가 바닥난 밀폐된 공간을 걷는 기분이었다. 약하게 공황장애가 온 거였다. 의사는 복직이 되면 증상은 좋아지겠지만 트라우마는 치료되지 않을 수도 있다고 말했다. 나는 알고 있다. 지금의 공포가 나를 죽일 수 없다는 것을. 나는 심호흡을 하며 걸음을 멈추지 않았다. 객차 안에 들어가면 거짓말처럼 사라질 증상이었다.

예약 좌석을 겨우 찾아 앉았다. 뺨에 달라붙은 젖은 머리카락을 조심조심 떼어냈다. 땀이 마르면서 한기가 들었다. 이가 달달 떨렸다. 벗었던 스카프를 목에 둘둘 감았다. 따뜻한 코코아가 마시고 싶었다.

고등학생 때, 특별한 이유 없이 사이가 안 좋던 친구가 있었다. 그 친구가 동창회에서 내 걱정을 했다는 이야기를 전해 들었다. 한동안 잠을 제대로 못 잤다. 나는 실패한 인생인가? 오랫동안 생각해보았다. 정규직이 되는 것이 성공한 인생이라면 실패했다. 결혼이 성공한 인생이라면 실패했다. 돈을 버는 것이 성공이라면 실패했다. 내가 세상의 잣대에서 실패하지 않을 유일한 방법은 재판에서 이겨 복직하는 길뿐이었다. 하지만 대법원에서 패소하며 복직의 기회도 잃고 8000만 원이 넘는 빚까지 지게 되었다. 이자는 하루도 쉬지 않고 불어났다. 그 일로 동지를 잃었다. 그녀는 아파트에서 투신하는 순간에도 빚이 아이에게 상속될 것을 걱정했다. 빚은 내게도 큰 짐이었다. 그런데도 나는 아직 아무것도 포기하지 않았다.

창밖으로 건물들이 빠르게 지나갔다. 가로등, 가로수, 건물은 움직이지 않았다. 달리는 것은 기차였다. 그런데도 가로등이 가로수가 건물들이 움직이는 것처럼 느껴졌다. 이렇게 달리다 보면 시간도 되돌릴 수 있지 않을까? 나는 시간을 되돌려서 뭘 어쩌려는 것인가? 어떤 사람은 변하지 못하는 나를 탓했고 또 다른 사람은 변해서 낯설다며 나를 피했다. 어렸을 땐 나이가 들면 마음도 변한다고 믿었는데 시간이 지나고 보니 마음은 변하는 것이 아니었다. 아침에 눈뜨면 30년쯤 늙어 있으면 좋겠다고 생각하던 날들이 있었다. 30년 후의 세계는 어떻게 변해 있을지 궁금했다. 세계는 보이지 않지만 조금씩 좋아지는 중이라고 나는 믿었다. 최악의 순간에도 말이다.

새벽에 잠을 설쳤더니 눈꺼풀이 무거웠다. 나는 눈을 부릅떴다. 눈을 부릅뜨고 살아도 생각보다 많은 것을 보기 어려운 것이 인생이다. 내가 아는 세상이 전부라고 믿었을 때는 행복했었다. 가끔은 눈을 질끈 감지 못한 것을 후회하기도 했지만 보람이 없었다고 말할 수만은 없었다. 눈꺼풀이 자꾸 감겼다. 나는 자리에서 일어나 객실을 왔다 갔다 했다. 이동 카트를 밀고 하루에도 수십 번씩 지나다니던 통로였다.

손님, 어디가 불편하십니까?

좌석을 확인하며 빠르게 걷던 승무원이 친절하게 물었다. 승무원이 입고 있는 코발트블루색 상의가 눈이 부셔서 눈을 지그시 감았다.

어지러우세요?

승무원이 팔을 부축해주며 놀란 목소리로 물었다.

아니요. 허기가 좀 져서요.

승무원의 도움을 받아 겨우 자리로 돌아올 수 있었다. 슈크림빵을 조금 떼어서 입에 넣었다. 달콤한 맛이 입 안 가득 퍼지자 침이 돌았다. 슈크림빵을 크게 한 입 베어 물었다. 감자칩을 씹을 때마다 유리창이 박살 나는 소리가 났다. 봉지의 크기에 비해 들어 있는 과자의 양은 허무할 정도로 적었다. 입맛을 다시다 핫바를 깠다. 핫바는 식은 데다 케첩이 없어 맛이 없었지만 음식물 쓰레기를 남기고 싶지 않아서 꾸역꾸역 먹었다. 숨 쉬기가 힘들 정도로 배가 불렀다. 커피 생각이 간절했다. 이동 카트가 오기를 기다렸다가 캔 커피를 샀다. 초콜릿도 몇 개 골랐다. 그만 먹어야겠다고 생각했지만, 정신을 차리고 보니 초콜릿이 전부 사라지고 없었다.

화장실에 가려고 일어서다가 손에 들었던 클러치 백을 놓쳤다. 립스틱이며 손거울, 휴지 등이 사방으로 튀었다. 상체를 숙이고 물건을 주워 담는데 신물이 넘어왔다. 과식을 한 게 후회되었지만 이미 늦었다. 상비약으로 들고 다니는 소화제를 챙겨 먹었다. 과식하는 버릇이 생긴 건 파업 초반에 했던 단식 투쟁이 끝나고부터였다. 단기간에 살이 10킬로그램이나 쪘다. 무용을 그만두자마자 순식간에 찐 3킬로그램은 취업 준비를 하면서 단기간에 뺐는데, 파업하면서 찐 살은 빠졌다 찌기를 반복하며 꾸준히 유지되었다. 빠른 시일 안에 다이어트에 성공하지 못하면 체육관 문을 닫아야 할지도 몰랐다. 주부들을 상대로 에어로빅을 가르치는 체육관을 열었지만 늘 적자에 시달렸다. 더는 아빠한테 손을 벌릴 수 없었다.

에어로빅 강사한테 가장 중요한 게 뭐냐고 묻는다면 나는 생각할 것도 없이 몸매라고 대답할 것이다. 살집이 두둑한 강사 밑에서 운동하고 싶어 하는 수강생은 많지 않았다. 먹은 걸 게워내면서 무슨 운동을 하면 살이 빠질까, 고민했다. 스피닝이 수영보다 열량 소모가 많다는데, 폴댄스를 하면 근육질의 예쁜 몸매를 만들 수 있다는데. 속눈썹에 매달린 눈물방울을 티슈로 찍어내면서 왜 구토를 하면 눈물이 나올까, 생각했다. 눈물은 슬픈 일이 없어도 종종 흘러나왔다.

치열한 경쟁률을 뚫고 취업에 성공한 여승무원을 언론에서는 '철도의 꽃' '선로 위의 스튜어디스'라고 치켜세웠다. 고졸 이상의 학력이면 지원할 수 있었지만, 지원자 대다수가 대졸이었고 미인 대회를 방불케 할 만큼 외모 또한 출중했다. 고용이 불안정한 사회 분위기상 안정적인 직장을 선호하는 사람이 늘고 있을 때였고, 사회적 약자의 위치인 여자들에게 공기업 정규직은 선호할 수밖에 없는 직장이었다. 취업에 성공하면 중산층의 삶을 보장받을 수 있었다. 키 제한에 걸려서 스튜어디스 학원에 등록조차 할 수 없었던 나는 앞뒤 재지 않고 원서를 제출했다. 그때의 나는 이미 성별, 외모, 학벌 등의 차별을 겪으며 사회의

쓴맛을 충분히 맛본 상태였다.

초등학교 시절 취미로 무용을 배웠는데, 우연한 기회로 콩쿠르에 나가 입상하면서 진로가 결정되었다. 예고에 갈 형편은 아니었지만, 집 근처에 있는 입시학원은 다닐 수 있었다. 엄마의 전폭적인 지지 아래 콩쿠르도 꾸준히 나갔고, 대입을 목표로 주말도 없이 노력했다. 입시를 보던 해에 갑자기 전에 없던 키 제한이 생겼다. 내게는 원하던 대학에 지원할 자격조차 주어지지 않았다. 지방대 무용과에 장학금을 받고 입학했다. 수석으로 졸업했지만 이마에 지방대 출신이라는 문신을 새기고는 무용계에서 아무것도 할 수 없었다.

승무원으로 뽑혔을 때, 이제야 제도권에 편입됐구나, 비로소 안심했다. 첫 월급을 타서는 부모님께 용돈과 함께 빨간색 내복을 사 드렸고, 여동생에겐 위시 리스트에 있던 블랙 미니 원피스를 사 주었다. 세훈에게는 메이커 운동화를, 친한 친구들과는 맛있는 저녁을 먹었다. 적금 통장을 만들고 싶었는데 생각보다 실수령액이 적었다. 비품도 직접 사야 했고 나가는 돈이 많았다. 철도 공사 정직원이 되면 항공사 스튜어디스 수준으로 대우해준다고 했다. 2년만 참으면 되는 것이다.

정규직 전환이 어그러졌을 때, 깨끗하게 회사를

나왔더라면 어땠을까? 가지 않은 길을 예측하는 건 어려운 일이다. 네가 한 선택이니 원망은 말라던 엄마를 참 많이 원망했다. 엄마가 유방암에 걸렸다는 소식을 듣고 가슴이 내려앉았던 이유는 엄마가 죽을지도 모른다는 두려움 때문이 다는 아니었다. 내가 엄마를 병들게 했다는 죄책감이 더 컸다. 세상 눈치 안 보고 여전사처럼 사는 게 부러워, 라고 비아냥을 일삼던 여동생과는 결혼식을 끝으로 인연이 끊겼다. 종종 여동생의 페북에 들어가 근황을 살폈다. 조카는 작년부터 어린이집에 다니기 시작했다. 올가을에는 분양받은 새 아파트에 들어갈 예정이었다. 지난겨울에는 아버지를 모시고 홋카이도로 가족 여행을 다녀왔다. 홋카이도에서 찍은 가족사진을 보며 거기에도 내 자리가 없음을 새삼 깨달았다.

도착지 역에 내렸다. 대합실의 화장실에서 화장을 고쳤다. 화장이 지워진 부분에 꼼꼼히 팩트를 바르고 립스틱을 덧발랐다. 택시를 잡아타고 시간을 확인했다. 사곡역까지는 30분쯤 걸릴 것이다. 의자에 등을 깊숙이 기댔다. 뭔가 허전했다. 택시가 출발함과 동시에 스카프를 고속철에 두고 내린 것을 깨달았다. 갑자기 목이 휑했다. 명품이긴 했지만 오래 사용해서 색이 바래기도 했고 보풀이 일어서 버려야지 생각하던 참이었다. 그런데도 아주 중요한 물건을 잃어버린 듯 기분이 묘했다. 스카프에 얽힌 사연 때문이었다.

경기도에 있는 대학 기숙사로 짐을 옮긴 것이 내 생애 첫 이사였다. 엄마가 돌아가시고 아버지가 고향인 경산으로 내려가기 전까지 나는 우리 집 하면 초록색 철제 대문을 열면 철길이 바로 보이던 단층 슬레이트 지붕 집이 떠올랐다. 유년기부터 청소년기까지 같이 보냈던 네 명의 동네 친구는 혈육만큼 가까웠다. 고등학교를 졸업하면서 뿔뿔이 흩어졌던 친구들을 20대 중반이 되어 서울에서 다시 만났다. 사는 지역도 하는 일도 모두 제각각이었지만 우정만은 그대로였다. 친구 생일 파티에 가는데 선물 살 돈이 없었다. 복직 투쟁을 하면서 고공 농성을 벌이고 쇠사슬로 몸을 묶은 채 침묵시위를 벌이던 시기였다. 세훈이 첫 월급을 타서 선물한 스카프를 포장해서 들고 나갔다. 몇 번 두르지 않아서 새것이나 다름없었다.

생일 때면 방을 잡아놓고 파자마 파티를 열었다. 여자들만 출입할 수 있는 숙소는 안전했고 공주방처럼 아기자기하고 예뻤다. 경비는 매달 조금씩 모아놓은 회비로 충당했는데 나는 회비를 면제받았다. 복직하면 배로 갚으라는 단서가 붙었다. 피부 이야기, 화장품 이야기, 맛집, 남자 친구, 여행, 가방, 영화, 소개팅 이야기까지 친구들은 수다를 멈출 줄 몰랐다. 나는 주제도 맥락도 없이 흘러가는 수다에 끼지 못하고 섬처럼 소파에 앉아 있었다.

은수야, 무슨 일 있어? 말도 없고, 먹지도 않고.

갑자기 내가 이야기의 중심에 들어섰다. 친구들은 나를 빙 둘러싸고 앉았다.

많이 힘들어? 우리가 도와줄 건 없어?

고집 그만 부리고 이제라도 직장 알아봐야 하는 거 아냐. 더 늦으면 그나마도 힘들 텐데. 정말 걱정이야.

그날따라 친구들의 걱정이 듣기 싫었다. 위로가 아니라 비난으로 들렸다. 그만하고 돈 벌어. 돈 벌어서 회비도 내고 생일 선물도 제대로 된 걸 하란 말이야. 언제까지 이렇게 구질구질하게 살래. 이런 말로 제멋대로 해석했다.

걱정하지 마. 에어로빅 강사 자격증반 등록했어. 다음 주부터 수업 들어. 3개월이면 자격증 취득한다니까 여름이 오기 전에는 취업할 수 있을 거야. 그렇게 되면 회비도 낼 거고 밥도 사고 그럴 거야. 너희들한테 더는 신세 안 져. 그러니까 제발 그만 좀 해.

그렇게 쏟아놓고 나서 후회했다. 심장이 얼어붙는 기분이었다. 친구들은 상처받은 눈빛이었다. 그때 사과를 했어야 했다. 내 마음이 시키는 대로 힘들다고 말하며 친구들에게 도와달라고 했어야 했다. 그랬다면 친구들은 기꺼운 마음으로 내 손을 잡아주었을 것이다. 하지만 내 입에서는 전혀 다른 말이 나갔다.

너희가 뭘 알아? 대기업 통신사 다니고, 세무사 남편 있는 너희가 뭘 안다고 지적질이야. 우리가 뭘 걸고 투쟁하는지 알기나 해. 우리가 무너지면 비정규직 전체가 무너지는 거야. 국민이 우리를 지켜보고 있다고. 난 내가 틀렸다고 생각 안 해.

나는 화를 참지 못하고 자리에서 일어났다. 아무도 잡아주지 않았다. 그것이 또 섭섭했다. 생일이었던 친구가 쫓아 나와서 스카프를 돌려주었다.

세훈 오빠가 첫 월급 타서 사 준 거잖아. 내가 이걸 어떻게 받아.

그렇게 할머니가 되어서도 만나서 수다 떨며 오래 함께할 줄 알았던 친구들과 멀어졌다. 스카프와 함께 친구들을 영영 잃은 기분이었다.

아파트 단지에 둘러싸인 초등학교 앞에 도착했다. 교문 주변은 꽃다발을 파는 상인들로 북적였다. 생화는 3만 원에서 3만 5000원이었고 사탕이나 초콜릿으로 만든 꽃다발은 1만 원에서 1만 5000원이었다. 노란색 장미와 프리지어가 섞여 있는 꽃다발을 집어 들었다.

허기가 졌다. 입학식까지는 시간이 넉넉했다. 마침 학교 앞 분식집이 열려 있었다. 떡볶이 1인분에 튀김을 섞어 주문했다. 음식을 기다리며 어묵을 두 개 먹었다.

　　소은이는 체크무늬 베레모를 쓰고 있었다. 어깨까지 내려오는 머리는 세팅 파마를 한 듯 자연스럽게 웨이브 져 있었다. 지난해 겨울 재롱잔치에서 봤을 때보다 머리가 많이 길었다. 소은이는 내가 사 준 가방이 아닌 다른 가방을 메고 있었다. 이틀 내내 인터넷을 뒤져 여자애들이 좋아하는 가방을 구했다. 소은이가 메고 있는 가방은 마트에서 흔히 볼 수 있는 제품이었다. 섭섭한 마음이 드는 것은 어쩔 수 없었다. 나는 핸드폰으로 소은이의 사진을 여러 장 찍었다. 더 다가가고 싶지만 멀지 않은 곳에 세훈이 있을 것을 알기에 가까이 갈 수 없었다.

　　사회를 맡은 선생님이 학부모님들은 자리에 앉아 달라는 안내를 여러 번 반복한 뒤에야 장내가 조용해졌다. 국민의례를 마치고 선생님들 소개가 있었다. 소은이 반 선생님은 아이들한테서 눈을 떼지 않았다. 아이들이 뭔가를 물으니 무릎을 꿇고 아이들과 눈높이를 맞춰서 대답하는 장면이 인상 깊었다. 누군가 어깨를 쳐서 돌아보았더니 세훈이었다. 몇 줄 뒤에 앉아 있는 그의 아내와 눈이 마주쳤다.

나와.

세훈이 먼저 오리걸음으로 나갔다. 나는 클러치백을 겨드랑이에 끼고 상체를 숙여 빠른 걸음으로 강당을 빠져나왔다. 강당 밖에는 커피와 녹차가 준비되어 있었다. 봉사활동 어머니들이 모여서 차를 마시고 있었다. 세훈은 다른 사람들의 눈치를 살피며 밖으로 나가자고 했다. 세훈을 따라 계단을 내려갔다.

왜 또 왔어?

소은이 입학식이잖아. 내가 사서 보내준 가방은 왜 안 멨어?

입학식이랑 네가 무슨 상관인데.

오빠는 무슨 말을 그렇게 해.

집사람 보기 민망해. 그만 돌아가. 부탁이야.

세훈의 입에서 '집사람'이라는 말이 나오자, 둔기로 한 대 맞은 것처럼 얼떨떨하고 아팠다. 내 것을 억울하게 뺏기기라도 한 것처럼 분했다.

은수야 우리 이제 그만하자.

숨어서 보면 안 될까?

제발 정신 좀 차려. 소은이는 너랑 아무 상관 없는 내 딸이야.

내 딸이 될 수도 있었잖아. 오빠가 날 기다려줬다면 말이야.

세훈은 말문이 막히는지 말을 못 했다. 대신 주머

니를 뒤졌다. 담배를 찾는 모양이었다. 주머니에는 아무것도 없었다. 허둥대는 세훈이 애처로워 보였다. 어느 순간부터 나는 사람들을 난처하게 만드는 사람이 되어 있었다.

세훈과의 결혼을 한 번도 의심한 적 없었다. 그건 세훈도 같았을 것이다. 우리는 서로의 첫사랑이었고 연애하면서는 사소한 다툼조차 거의 없었다. 세훈과 같이 있으면 항상 편안했다. 아들이 없는 엄마에게 세훈은 다정하고 살가운 사윗감 이상이었다. 나는 엄마한테 한동안 결혼 생각이 없음을 분명히 밝혔다. 하지만 엄마는 홈쇼핑을 보다가 사은품으로 청소기를 준다는 말에 혹해 양문형 냉장고를 샀고, 가구 매장에 갔다가 할인하는 소파를 사들였다. 이렇게 싸게 살 기회가 없다고 했다며 엄마는 변명했다. 집에 내려갈 때마다 물건이 한 개, 두 개 늘어나더니 어느새 비어 있던 내 방은 혼수품으로 가득 찼다. 가족들은 방에 쌓여 있는 물건들이 불행의 덩어리인 양 방문을 열어보지 않았다.

오빠가 그랬지. 포기하라고. 그게 내가 살 길이라고. 아니, 아니야. 난 절대 포기 안 해. 소은이를 위해서라도 포기 안 해. 그 애가 지금 같은 세상에 살 걸 생각하면 끔찍해.

세훈은 아내의 전화를 받고 서둘러 강당으로 올라

갔다. 나는 미처 건네지 못한 꽃다발을 들고 서 있었다. 상인들은 마지막 남은 꽃다발을 팔기 위해 아우성쳤다. 생화 가격은 1만 5000원까지 내려갔다. 꽃다발은 내 품에서 시들어갔다.

사람들은 숫자에 의미 두기를 좋아한다. 얼마나 많은 인원이 투쟁하는가, 얼마나 오랫동안 투쟁했는가, 얼마나 많이 다쳤는가, 얼마나 많은 사람이 관심을 가졌는가, 등등. 많은 동료가 투쟁에 나섰고 많은 사람이 다쳤다. 많은 사람이 상처받고 떠나갔다. 남아 있는 사람은 소수였고 우리가 기댈 수 있는 건 투쟁해온 날들이었다. 시간은 우리를 기다려주지 않고 흘러갔다. 그렇게 하루하루가 쌓여서 10년이 흘렀다. 강산이 변한다는 10년, 아이가 태어나서 초등학교 3학년이 되는 시간, 아흔의 노인이 100살이 되는 세월. 대법원에서 파기환송이 내려지던 날 모든 언론의 관심이 우리에게 쏠렸다. 기사마다 응원 댓글이 수천 개씩 달렸다. 언론이 우리를 비추면 쉽게 착각에 빠졌다. 여론이 우리를 응원하는구나, 우리가 이기겠구나, 다 잘되겠구나. 희망에 잔뜩 부풀었다가 뻥 하고 터진 것이 몇 번짼지 기억도 나지 않는다. 아무리 생각해도 우리가 맞는데 정의가 있다면 이럴 수는 없는데. 침대에 가만히 누워 생각하고 또 생각했다. 얼마나 그러고 있었는지 모르겠다. 몇 시인지 며칠인 지. 시간의 흐름이 무의미했다. 나는 2006년에 박제 된 건지도 모르겠다. 그렇다면 지금 이렇게 걸어 다 니는 나는 뭐지? 대법원에서 패소하고 나서는 몸도 마음도 쉽게 추슬러지지 않았다.

투쟁 4000일을 앞두고 언론은 다시 한번 우리에 게 관심을 보였다. 인터뷰 요청이 들어왔지만 전부 거절했다. 모임에도 나가지 않았다. 4000일을 기념하 는 어떤 행사에도 참석하지 않았다. 하루, 이틀, 사 흘…… 이렇게 하루하루가 모여서 4000일이 된 것이 다. 우리에게 투쟁은 일상이었다. 기념일이 아니다. 동료들은 이야기했다. 투쟁하면서 잃어버린 것은 '아 름다운 나의 20대'라고. 몇 년 지나지 않아 나는 아름 다운 30대를 잃어버렸음을 한탄할 것이다. 투쟁 4000 일이 지나고 반짝 관심을 보이던 언론이 조용해지자 사람들은 금방 우리를 잊었다. 우리를 기억해주기에 세상은 너무 빠르게 변했다. 하루가 다르게 대형 사 건, 사고가 일어나고 사람들이 죽어나갔다. 자극적이 다 못해 엽기적인 뉴스에 익숙해진 사람들은 웬만한 기사에는 눈도 끔쩍하지 않았다. 잊히는 게 두렵다. 가습기 살균제 피해자들처럼, 쌍용차 사태처럼, 용산 참사처럼, 밀양의 할머니들처럼 잊히고 싶지 않았다. 잊혀도 고통은 사라지지 않기 때문이다.

길가에 서서

교문 앞에서 차분히 기다렸다. 입학식을 마친 아이들과 가족들이 한두 명씩 건물을 빠져나왔다. 나는 세훈의 눈에 띄지 않게 목련 나무 뒤에 몸을 숨겼다. 빼빼 마른 목련 나무는 나를 숨겨주지 못했다. 수많은 사람이 한꺼번에 쏟아져 나왔다. 사람들의 물결이 곧 나를 덮칠 듯했다. 눈앞이 아찔하고 어지러웠다. 정신을 잃기 전의 전조 증상이었다. 강제 진압을 당한 이후로 생긴 공황장애 때문이었다. 나는 쓰러지지 않으려고 바닥에 주저앉았다. 윙윙, 귓속에서 파리가 날아다녔다.

한기가 스며들며 몸이 부르르 떨렸다. 목련 나무에 기대앉아 하늘을 가만히 올려다보았다. 햇살이 눈부셨다. 공황 발작은 거짓말처럼 사라졌다. 구름 사이에 비행운이 길게 이어져 있었다. 이름 모를 새 한 마리가 날아가면 좋을 풍경이었다. 기다려도 새는 날아가지 않았다. 학교는 한산했다. 산책 나온 병설유치원 아이들이 운동장을 가로질러 놀이기구 쪽으로 걸어갔다. 나는 천천히 바닥에서 몸을 일으켜 세웠다.

분식점에 들어가서 입학식을 마친 가족들이 점심을 먹을 만한 식당을 물었다. 주인은 친절하게 설명해주었다. 택시를 타고 학교 앞에서 10분 거리에 있는 식당 골목으로 가달라고 했다. 골목 초입에 있는 중국집을 시작으로 식당을 훑고 지나갔다. 작은 식당은 유리창을 통해서 안을 들여다보았고 홀이 넓은 식당은 들어가서 일일이 확인했다. 샤부샤부 식당, 동태탕을 비롯한 아귀찜, 해물찜 같은 해산물을 파는 식당, 패스트푸드점, 이탈리안 레스토랑, 횟집, 숯불 갈빗집, 냉면집, 보리밥집. 식당은 골목 끝까지 길게 늘어서 있었다. 돼지갈비 식당 앞에서 멈칫했다. 유리창 너머로 소은이가 보였다. 나도 모르게 다가갔다가 다시 두어 걸음 물러섰다. 소은이는 갈빗대를 양손으로 잡고 오물오물 뜯어 먹고 있었다. 급하게 맞은편 음식점으로 들어갔다. 창가에는 빈자리가 없었다. 창문에 붙어서 소은이가 앉아 있는 식당을 건너다봤다. 소은이는 키가 클 모양이었다. 저렇게 잘 먹는데 안 클 이유가 없다.

창가 자리에 앉고 나서야 추어탕을 파는 식당이라는 것을 알았다. 그것도 갈지 않은 통미꾸라지가 나오는. 먹지도 않을 추어탕을 주문하고 창밖을 내다봤다. 추어탕이 나오기 전에 소은이가 식당을 나갔다. 나도 급하게 계산을 마치고 식당을 나왔다. 소은이는 문구점에 가서 새 학기 학용품을 사고 배스킨라빈스에서 엄마는 외계인이라는 아이스크림을 먹었다. 길을 걷던 소은이가 손으로 인형 뽑기 기계를 가리켰다. 세훈이 동전을 넣었다. 몇 번 실패한 끝에 소은이

길가에 서서

가 원하는 인형을 뽑을 수 있었다. 대로변 공용 주차장에 세워져 있던 차에 소은이 타고 세훈의 아내가 타고 세훈이 탔다. 차는 곧 출발했다. 세훈의 차가 신호에 걸려 사거리에 멈춰 섰다. 나는 세훈의 차가 시야에서 사라진 뒤에도 한참을 더 그 자리에 서 있었다.

　근처 카페에 들어가서 아메리카노를 시켰다. 위장 장애 때문에 커피는 금지 식품이었지만 마시지 않을 수 없었다. 시원한 아메리카노를 들이켜자 속이 뚫리는 기분이 들었다. 충동적으로 친구에게 전화를 걸었다. 한 친구는 죄송합니다. 지금은 전화를 받을 수 없습니다. 나중에 연락해주세요, 라는 문자를 보내왔다. 다른 친구는 쌍둥이 아이들을 돌보느라 정신이 없는 것 같아서 다시 전화하겠다고 하고 내가 먼저 끊었다. 전화번호가 바뀐 친구도 있었다. 한 친구가 전화를 받았다. 한때 가장 친하게 지내던 친구였다.
　투쟁 4000일 됐다는 기사 읽었어. 연락해야지, 하는 마음은 항상 있었는데 너무 바빠서 말이야.
　전화기 너머의 친구는 평소보다 목소리 톤이 높았다. 내 전화가 무척이나 반가웠는지 반갑다는 인사를 반복해서 했다. 나는 친구에게 어떻게 지내냐고 물었다. 친구는 본인은 물론이고 친구들의 근황까지 압

축해서 이야기해주었다. 나는 깔깔거리며 친구들 이야기를 전해 들었다. 친구는 내 근황은 물어보지 않았다. 나도 굳이 말하지 않았다. 예고 없이 말이 끊겼다. 침묵이 길어졌다. 무슨 말이든 해야겠는데 할 말이 떠오르지 않았다. 그렇다고 전화를 끊겠다고 말하기도 애매했다. 말 대신 어색함이 왔다 갔다. 누구도 먼저 전화를 끊겠다고 말하지 못했다. 마침 친구 핸드폰으로 전화가 왔다.

은수야 전화 온다. 조만간에 꼭 만나. 내가 연락할게.

전화를 끊고 참았던 숨을 편하게 쉬었다. 전화를 걸기 전보다 더 멀어진 느낌이었다. 어떤 핑계를 대든 친구들은 만나지 않을 것이다. 그편이 친구들도 편할 듯했다. 인연에도 유통기한이 있는 법이다. 그것을 인정하지 못하면 괴롭다.

세훈과 봉선사에 연꽃을 보러 갔었다. 7월이었고 볕이 무척 따가웠다. 세훈은 선글라스를 나는 양산을 썼다. 연못에 나무다리를 놓아서 연꽃을 가까이서 볼 수 있었다. 손을 뻗으면 연꽃이 손에 잡혔다. 정오를 조금 넘긴 시간, 햇볕이 너무 따가워 관광객들마저 봉선사나 근처 식당으로 숨어버리고 축구장 크기의 연못에는 세훈과 나뿐이었다.

이번에는 잘될 거 같아.

잘됐네. 그럼 이제 그만하는 거야?

정규직으로 복직되는 그날까지 가는 거지.

그걸 꼭 네가 해야 하는 거야?

그럼 누가 해?

누군가 하겠지. 국회에서 법을 만들어서 해결할 수도 있고.

입장 바꿔서 생각해봐. 참을 수 있어? 눈감을 수 있냐고.

어렵겠지만 어쩌겠어. 부모님 그리고 사랑하는 사람 생각하면서 다른 길 찾는 거지. 대부분 나처럼 생각할걸. 누군 부당하다는 거 몰라? 몰라서 참는 거 아니잖아. 세상에 하고 싶은 대로 다 하고 사는 사람이 어디 있어. 현실에 순응하는 거지.

그래서 우리나라가 아직 이 모양 이 꼴인 거야. 타인의 고통에 이렇게 무감각한 민족도 없을걸. 그게 결국 자신들에게 돌아가는 것도 모르고 말이야.

세훈은 처음으로 복직 투쟁에 대한 자기 생각을 말로 표현했다.

은수 너는 정말 아무것도 모르는구나. 정규직 전환은 처음부터 무리한 요구였어. 그들은 절대 요구를 들어주지 않을 거야. 정규직으로 전환할 거였으면 처음부터 정규직으로 뽑았겠지. 차라리 공부해서 시험을 봐. 그편이 당당하잖아.

기도가 부풀어 오르면서 숨 쉬기가 불편해졌다. 나는 악을 쓰고 외쳤다.

진짜 아무것도 모르는 사람이 누군데. 오빠 알려고 하지도 않잖아. 그러니까 그만두라는 말을 그렇게 쉽게 하지.

너, 너무 많이 변했어. 예전엔 이러지 않았잖아. 매사 부정적이고 사납고 날카로워서 널 만나면 긴장돼. 이제 그만하자. 부탁이야. 우리 그냥 평범하게 살자. 다른 사람들처럼. 꼭 그렇게 튀고 싶어? 이제 몇 명 남지도 않았잖아.

세상이 무너지면 이런 기분일까. 인생이 파탄 난 것 같았다. 나를 가장 잘 이해해주는 사람이라고 생각했는데, 세훈이 이런 생각을 하고 있다는 것을 받아들이기 힘들었다. 그때부터였다. 세훈과 조금씩 멀어진 것은.

시든 프리지어 꽃잎을 한 장씩 떼어 테이블 위에 뿌렸다. 잘못 접어든 골목길에서 인생이 휘어지지만 않았어도 내 딸이 되었을 소은이를 생각했다. 이제는 보내줘야 할 때였다. 아이의 미래를 위해서. 나로 인해 다른 사람들이 힘든 건 싫다. 내가 잃어버린 것은 돈이 아니다. 시간도 아니고 사람도 아니다. 그것은 바로 일상이다. 연애하고 결혼하고 아이를 낳고 기르는 지극히 평범한 일상. 주중에는 열심히 일하고 주말에는 가족들과 시간을 보내고 싶었다. 육아휴직 기간에는 유모차를 끌며 산책을 하고, 문화센터에서 베이비 마사지를 배우고, 이웃의 엄마들과 브런치를 먹으며 수다를 떨고 싶었다. 남편 흉을 보고 가끔 시댁 욕도 하고 남편 몰래 친정 엄마한테 용돈을 보내기도 하면서 살고 싶었다. 대출받아 집을 사고, 가끔은 해외여행도 다니는 삶. 남들만큼 살고 싶었다.

'원래 용역인 거 몰랐냐.'

'행패 그만 부려라.'

'노량진에서 공부하는 사람들한테 미안하지도 않냐.'

입에 담기도 힘든 악의적인 댓글을 읽을 때면 수치심으로 피부가 녹아내리는 것 같았다. 나는 어쩌다 이렇게 되었을까. 어디서부터 어떻게 풀어나가야 하는지 누가 알려주면 좋겠다.

카톡이 왔다. 소은이 사진이 여러 장 올라왔다. 교문 앞에 서 있는 소은이, 교실에 앉아 있는 소은이, 아빠와 엄마 사이에서 환하게 웃는 소은이, 돼지갈비를 물고 있는 소은이, 아이스크림을 먹고 있는 소은이, 아빠가 뽑아 준 인형을 안고 환하게 웃는 소은이. 소은이 핸드폰에서 보내온 사진이지만 소은이 엄마가 보낸 것이 분명했다. 착한 여자다. 세훈이 좋은 여자와 결혼해서 다행이었다. 이제는 그들을 놓고 내 길을 가야 할 때였다.

　나는 서울역행 표를 취소하고 대구역행 표를 예약했다. 부산역을 시작으로 매일 릴레이 집회가 진행되고 있었다. 내일 있는 대구역 집회에 참석하기로 마음을 바꿨다. 4000일을 채웠는데 5000일을 못 채울 것도 없었다. 카페를 나와 기차 시간에 늦지 않게 발걸음을 서둘렀다. 스카프가 없어도 춥지 않았다. 낮에 불어오는 바람이 따뜻했다.

검은 저수지

집은 예전 그대로인데 마당 한편을 차지한 자두나무만이 단층 주택을 덮을 만큼 크게 자라 있었다. 가뭄으로 자두나무의 잎사귀가 시들시들했다. 겨울 내내 한파가 기승이더니 봄이 되자 비 한 방울 내리지 않는 메마른 날이 계속되었다. 나는 수돗가에서 호스를 끌어다 자두나무에 물을 주었다. 타고 있던 냄비에 물을 부었을 때 날 법한 매캐하면서도 눅눅한 흙냄새가 진하게 풍겼다.

거실에는 잡다한 물건이 너저분하게 흩어져 있었다. 오랫동안 청소를 하지 않은 데다 환기마저 안 했는지 숨 쉬기가 힘들었다. 노파는 나를 알아보지 못

검은 저수지

하고 누구냐고 물었다. 백내장을 앓더니 이제 시력을 거의 잃은 듯했다.

네놈이냐?

노파의 미간이 좁아졌다.

맞구나. 언제고 네놈이 돌아올 줄 알았다.

형은요?

누구? 수 말이니? 지금 수가 어딨냐고 묻는 거야?

수는 5분 먼저 태어난 일란성 쌍둥이 형이었다. 외모는 물론이고 체형, 목소리까지 똑같아서 어머니도 가끔 우리를 헷갈려 했다. 형과 나를 제외하면 우리를 완벽하게 구분할 수 있는 사람은 노파뿐이었다. 우리 형제는 고등학교를 졸업할 때까지 함께였는데 스무 살이 되던 해에 그만 헤어지기로 했다. 수는 돌아오지 않았다.

오늘부터 여기서 지내야겠어요.

누구 맘대로.

내 아버지의 집이잖아요.

노파는 끄응, 앓는 소리를 낼 뿐 더는 말이 없었다.

노파는 어머니의 새엄마였다. 어머니가 여덟 살 때 외할아버지와 재혼한 여자가 노파였다. 어머니는 노파를 엄마라고 불렀고 아버지는 노파를 장모님이라고 불렀다. 어머니는 노파를 외할머니라고 부르게 했지만 나는 한 번도 그렇게 부르지 않았다.

　지상의 생물체를 다 태워버릴 듯 햇볕이 강렬하게 내리쬐었다. 나는 맑은 날의 외출을 그리 좋아하지 않았지만 오버사이즈 선글라스를 꺼내 쓰고 집을 나섰다. 서울에서는 맡을 수 없는 냄새가 골목에서 풍겼다. 바람 냄새, 나무 냄새, 풀 냄새 같은 것이었는데 이곳이 도농 복합 지역이기 때문이었다. 나는 코를 킁킁거리며 걸었다. 시골 냄새가 싫었다. 나는 서울 냄새가 좋았다. 시궁창에서 올라오는 악취, 쓰레기 더미에서 풍기는 썩은 내, 새 제품에서 풍기는 휘발유 냄새 등이 뒤섞인 공기는 내 피를 뜨겁게 데웠다. 지하철에서 사람들이 한꺼번에 뱉어내는 날숨에서 풍겨오는 입 냄새, 지하 술집에서 풍기는 오래 방치한 물통에서 날 법한 축축한 냄새 같은 게 나를 미치게 만들었다. 나는 습관적으로 숨을 참고 걸었다. 도시가 풍기는 유혹의 냄새에서 벗어나려면 그 방법뿐이었다. 오래 숨을 참다가 질식한 적도 여러 번 있었다. 맨 처음 쓰러졌던 장소는 강남 지하상가 화장실이었다. 정신을 차리고 보니 기절 직전의 기억이 통째로 사라지고 없었다. 나는 술을 한 방울도 마시지 않았는데도 냄새 때문에 종종 블랙아웃을 경험했다.

'떼인 돈 받아드립니다.'

동네를 한 바퀴 돌면서 전단지를 붙였다. 일을 의뢰하는 전화는 없고 모르는 사람을 찾는 전화만 걸려 왔다. 이렇게 좁은 지역에서 일거리가 들어올 것 같지 않았지만 나는 운동 삼아 전단지를 붙이고 다녔다. 원래 이 일이 부동산처럼 거래가 많은 편이 아니었다. 수수료가 50퍼센트이기 때문에 한 달에 한 건만 해도 수입이 나쁘지 않았다. 버거킹 건물이 불에 타 없어진 것을 제외하면 동네는 크게 변하지 않았다. 버거킹 자리에 4층 높이의 다이소가 들어설 거라는 소문이 돌았지만 헛소문일 가능성이 컸다. 단수를 알리는 전단지가 골목 곳곳에 뿌려져 있었다. 극심한 가뭄으로 인해 다음 주부터 오후 1시에서 5시까지 가정집에 물을 공급하지 않는다는 내용이었다. 전단지를 붙이고 나니 4시가 다 됐다. 편의점에 가서 소주 한 병과 황태, 소시지 등을 샀다. 나는 치즈가 박힌 소시지를 씹으며 도시 끝에 있는 저수지로 향했다.

가뭄은 생각보다 심했다. 고추 모종이며 상추, 파 등의 밭작물은 태반이 말라 죽었고, 모내기를 마친 벼는 지푸라기처럼 노랗게 말라가고 있었다. 지하수마저 말라버렸는지 지하수를 퍼 올리던 양수기가 도랑 한쪽에 방치되어 있었다. 주로 농업용수로 쓰이던 저수지의 물도 반으로 줄어 있었다. 양수기 서너 대가 요란한 소리를 내며 쉬지 않고 물을 퍼내고 있었다. 저수지의 물이 이렇게 줄어든 건 처음 봤다. 상류에 다목적댐이 있어서 늘 일정량 이상의 물을 저장하던 저수지였다. 가뭄으로 댐의 담수율이 댐 조성 이래 최저치를 기록했다는 뉴스 기사가 사실인 듯했다.

나는 갈대밭으로 들어갔다. 발걸음을 옮길 때마다 갈대가 힘없이 부서지면서 먼지가 날렸다. 나는 발작적으로 마른기침을 했다. 저수지가 훤히 내려다보이는 곳에 자리를 잡고 앉았다. 소주병 뚜껑을 따 3분의 1가량을 저수지에 뿌렸다. 황태를 몇 조각으로 찢은 다음 두어 조각을 고수레, 라고 외치며 저수지에 던져 넣었다. 나는 갈대밭에 앉아서 병나발을 불었다. 이대로 계속해서 비가 오지 않으면 저수지는 완전히 말라버리고 말 것이다. 저수지가 마르면 물고기는 허연 배를 드러내고 썩어가겠지. 우렁이는 속이 빈 채로 굴러다닐 것이다. 페트병, 비닐봉지, 밀폐 용기, 빗자루, 냄비, 고무장갑 등의 생활 쓰레기가 저수지 가운데 설치미술 작품처럼 모이겠지. 언젠가 내가 저수지에 던져 넣은 슬리퍼 한 짝도 나올 것이다. 한 짝만 남은 슬리퍼는 아무짝에도 쓸모가 없었지만 나는 잃어버렸던 그것을 찾으러 10년 만에 고향에 돌아왔다.

　전기면도기 충전기를 빠뜨리고 왔다. 오늘 아침에
야 알았다. 일회용 면도기를 사 와 면도를 하려는데
집에 성한 거울이 없었다. 전부 금이 가 있거나 깨진
채였다. 전기면도기는 거울 없이 면도가 가능했지만
일회용 면도기는 불가능했다. 거울이 왜 죄다 이 모
양인지 모르겠다. 어렸을 때는 거울을 볼 이유가 없
었다. 거울을 봐야 할 때 형의 얼굴을 봤다. 형의 눈
에 눈곱이 끼었으면 떼어줬고, 이에 고춧가루가 묻었
으면 닦아줬다. 우리는 서로의 얼굴을 보고 여드름을
짜기도 했는데, 쌍둥이라 그런지 여드름이 나는 위치
도 비슷했다.

　편의점에는 손거울뿐이었다. 나는 곰 인형이 그려
진 손바닥 크기의 거울을 샀다. 집에 돌아와서 면도
를 하려고 거울을 봤다. 거울 속의 남자가 낯설어 집
에 나 말고 다른 남자가 있는지 두리번거렸다. 나는
거울 속의 얼굴을 처음 보듯이 자세히 들여다보았다.
갑자기 속이 메슥거리면서 역겨웠다. 나는 거울을 내
동댕이쳤다. 내 얼굴이지만 정말 구역질 나는 얼굴이
었다.

　겨우내 입고 다니던 패딩은 무거운 데다 지금 입

기엔 더웠다. 가벼운 봄 외투가 필요했다. 나는 시외버스터미널 건너편에 있는 아웃도어 매장으로 들어갔다. 사장으로 보이는 여자가 새빨간 바람막이 점퍼를 자꾸 권했다.

빨간색이 너무 잘 받으신다. 딱 손님 옷이에요. 신상인데 이거 한 장 남았어요. 손님 오늘 횡재한 거예요. 인상 쓰지 말고 좀 웃어보세요. 이렇게요.

여자는 먼저 이를 드러내고 웃어 보였다. 나도 웃고 싶었는데 잘되지 않았다. 웃는 얼굴이 꼭 멍청이 같았다. 설핏 영화 속의 살인마가 떠올랐다. 그 악당은 멀리서 보면 선글라스를 쓴 것처럼 다크서클이 심한 데다 화살촉처럼 뾰족한 코를 가졌고, 배가 터질 듯 뚱뚱한데 턱시도를 입고 있는, 입이 흉측하게 찢어진 '펭귄맨'이었다. 그는 악당답지 않게 우스꽝스러웠다. 나처럼. 내가 펭귄맨이라면 웃는 연습을 따로 하지 않아도 됐을 텐데. 우리 아버지는 펭귄맨의 아버지처럼 폭력을 쓰지 않았고, 내게는 범죄자한테 얼굴이 난도질당한 아내도 없었다. 그래서 내 입은 아직 멀쩡할 수 있었다.

나는 벗어놨던 패딩을 다시 걸치고 가게를 나왔다. 욕설이 뒤섞인 중얼거림이 등 뒤에서 들려왔다. 나는 출입문을 열고 나오다가 휙 뒤돌아섰다. 여자가 네까짓 게 쳐다보면 뭘 어쩔 거냐는 눈빛으로 나를 쏘아보았다. 여자는 나를 호구로 봤다. 그렇지 않고서야 새빨갛고 바스락거리는 바람막이를 19만 8000원에 팔아먹으려고 하지는 않았겠지. '꽃뱀 같은 년.' 어디선가 암내가 풍겨왔다. 어찌나 독한지 편두통이 올 지경이었다. 발바닥이 뜨거워지더니 나도 모르게 발기가 되었다. 나는 정신을 잃지 않으려 코를 싸쥐고 여자한테 고개 숙여 인사했다. 죄송합니다. 다음에는 꼭 사겠습니다. 나는 다리를 심하게 절뚝거리며 옷 가게를 나왔다.

속이 더부룩했다. 냉장고에 며칠 묵힌 삼각김밥이 문제인 듯했다. 아웃도어 매장에서 산 3만 원짜리 이월 상품 바람막이 점퍼를 걸치고 편의점으로 향했다. 편의점엔 하루에도 여러 번 갈 일이 생겼다.

바람막이만 입고 안 추우세요?

알바가 알은체를 했다. 나는 알바한테 소화제를 달래서 마셨다. 캔 맥주와, 소시지, 바나나 한 송이, 신문 한 부를 샀다. 뉴스는 인터넷으로 읽었다. 신문은 창문을 청소하는 용도였다.

커피도 한 잔 줘.

핫으로 드려요, 아이스로 드려요?

5월은 따뜻한 음료를 마셔도 찬 음료를 마셔도 이상하지 않을 계절이었지만 나는 사계절 내내 미지근한 것만 마셨다.

미지근한 걸로.

알바는 컵에 얼음을 반만 채우고 커피를 내렸다. 나는 알바가 내민 컵을 들여다보았다. 구슬만큼 작아진 얼음 몇 조각이 떠다녔다. 컵을 살살 돌렸더니 얼음이 형체도 없이 사라졌다. 알바는 묻지도 않았는데 자기가 스물하나라고 말하고는 내게 물었다.

사람도 찾아줘요?

나는 사람은 안 찾는다고 했다. 알바는 서울로 전학 간 친구를 찾고 싶어 했다.

엄청 친했어요. 엄청요. 헤어지기 싫어서 같이 도망갈 계획까지 세웠었는데. 우리는 하나나 다름없었어요. 절대 헤어질 수 없는. 전학 간 후에도 꾸준히 편지를 주고받았어요. 3년이나요. 근데 지난겨울부터 답장이 없는 거예요. 편지가 반송되진 않는 걸로 봐서 이사를 간 것 같진 않은데, 왜 답장을 안 할까요? 내가 싫어진 걸까요? 아저씨는 아세요? 제 친구가 왜 이러는지?

한껏 심각하던 알바가 나를 보고 싱긋 웃었다.

아저씨, 얼굴 푸세요. 그렇게 심각할 것까진 없고요. 혹시 나쁜 일이 생긴 건 아닌가 걱정이 돼서요.

나는 알바가 왜 웃는지 모르고 따라 웃었다. 알바가 입술을 삐죽거렸다. 나는 웃어야 할지 찡그려야 할지 알 수 없었다.

왜 그렇게 좋아하세요? 사람 기분 나쁘게. 이상한 아저씨야.

나는 무표정한 얼굴로 돌아가서 커피를 마저 마셨다. 알바는 매장의 물건을 정리했다. 과자 봉지가 유난히 바스락거렸다. 나는 어둑어둑해지는 창밖을 내다보았다. 거리에는 사람이 거의 없었다. 아웃도어 매장 여자가 실종된 이후로 밤에 다니는 사람이 눈에 띄게 줄었다. 나는 고개를 들어 출입구와 계산대 뒤쪽 CCTV를 올려다보았다.

집에 들어서려는데 섬뜩했다. 낡은 데다 온기라고는 없었다. 나는 죽음의 그림자가 고인 집으로 들어갔다. 철제 대문에 닿은 손끝이 예리한 칼날에 베인 듯 차갑게 시큰거렸다. 남의 집에 몰래 들어가는 것처럼 조용히 마당에 들어섰다. 가지치기를 하지 않아 제멋대로 뻗어나간 자두나무가 마당을 덮고 있었다. 집의 주인이라도 되는 듯했다.

유치원 시절부터 형은 나를 때렸다. 밥을 먹으면 식탁 밑에서 발로 찼다. 화장실에서 나오면 내 머리를 쿵 소리 나게 쥐어박았다. 밤에 한 침대에 누워 잘 때는 부위를 가리지 않고 마구잡이로 때렸다. 아무도 내 말을 믿어주지 않아서 나도 똑같이 형을 때려줬다. 초등학교에 입학하고 처음으로 맞은 여름방학이었다. 형이 매미를 잡으러 산에 가자고 해서 따라나섰다. 형은 처음부터 매미 같은 건 잡을 생각이 없었다. 등산로에서 벗어나자마자 형이 다짜고짜 내 목을 졸랐다. 뺨이 화끈거리고 눈알이 튀어나올 것처럼 아팠다. 목이 부러질 것 같았다. 나는 까무룩 정신을 잃었다. 다시 눈을 떴을 때, 형은 무표정한 얼굴로 내 뺨을 툭툭 치고 있었다. 형이 무심히 말했다. 넌 죽지도 않냐? 형이 먼저 산을 내려갔다. 나는 비스듬히 누워서 멀쩡히 걸어가는 형의 뒷모습을 지켜보았다. 앞모습이 그러하듯 형의 뒷모습도 나와 같았다.

학교 운동장에서 형하고 술래잡기를 하다가 형이 미끄럼틀에서 떨어졌다. 다친 데는 없었다. 형은 내가 밀어서 떨어졌다고 자꾸 거짓말을 했다. 형의 말을 아무도 믿어주지 않았다. 형은 더는 그 일을 입에 올리지 않았다. 나는 누군가 욕실 바닥에 흘린 샴푸를 밟고 미끄러져 다리가 부러졌다. 깁스를 한 다리가 가려울 때마다 머리카락을 뽑았다. 귀밑머리가 휑해진 것을 본 아버지가 나를 소아정신과에 데려갔다. 의사가 처방해준 약을 먹으면 몸에 힘이 빠지면서 끝도 없이 졸음이 왔다. 델몬트 주스 병에 담아놓은 보리차를 다 마셨는데도 목이 탈 만큼 갈증이 심했다. 의사는 약 부작용으로 갈증이 보고된 바는 없었

227   검은 저수지

다고 하면서 같은 약을 또 처방해주었다. 나는 형의 밥에 약을 몰래 넣었다. 형은 특별히 졸려하지 않았고 물을 더 마시는 것 같지도 않았다. 약을 먹은 후로 형은 수업 시간에 교실을 돌아다니지 않았고 계단에서 넘어지지도 않았으며 평소 어려워하던 곱셈도 잘했다. 나는 형이 수학 시험지를 흔들며 잘난 척하는 꼴이 보기 싫어서 약을 변기에다 버렸다. 형이 운동회 달리기에서 1등을 해 줄넘기를 선물로 받아 왔다. 깁스를 푼 지 얼마 되지 않은 나는 꼴등을 했다. 나는 자고 있는 형을 향해 서랍장을 밀어 넘어트렸다. 형의 허벅지에 시커먼 피멍이 들었다.

중학교 1학년 때, 아버지가 돌아가셨다. 만취 상태로 도로에서 잠을 자다가 뺑소니 교통사고를 당했다. 가세가 급격하게 기울었다. 어머니가 앓아누우면서 형편이 더 나빠졌다. 형과 나는 먹을 것을 두고 주먹다짐을 했다. 다른 사람의 눈을 피하지 않고 싸웠다. 코피가 나는 건 일상이었고 입술이 터져서 밥을 못 먹는 날도 있었다. 얼굴에 멍 자국이 가실 날이 없었다. 어머니는 요양하러 절에 들어가서 다시 돌아오지 않았다. 노파가 우리의 보호자로 집에 들어와 같이 살게 되었다. 그때부터 동네 사람들은 우리 집을 흉가, 폐가, 귀신 나오는 집이라고 불렀다.

저축은행에서 300만 원을 빌린 게 연체됐다고 전화가 왔다. 이번 주까지 이자를 포함한 원금을 상환해야 했다. 내 통장의 잔고가 영이 된 건 오래전이었다. 노파의 통장에는 ATM기에서 찾을 수 없는 액수만 남아 있었다. 기초노령연금은 다음 주나 돼야 나온다.

나는 본채에서 따로 떨어진, 지금은 창고로 쓰는 방으로 갔다. 빈 장독이 몇 개 있을 뿐 창고는 비어 있었다. 빈 장독 한 개의 뚜껑을 열었다. 손발이 묶인 아웃도어 매장 사장이 장독 안에서 졸고 있었다. 나는 여자의 머리를 툭툭 쳤다. 여자는 깨어나자마자 울었다. 체내의 수분이 말라버린 탓인지 눈물은 흘리지 않았다. 입을 막은 테이프를 떼어내자 여자는 카드 비밀번호를 순순히 알려주었다.

산책을 다녀왔다. 나는 운동 삼아 매일 저수지까지 걸어갔다 왔다. 노파가 숨을 쉴 때마다 술 냄새가 풍겼다. 나는 노파에게 술을 사다 준 기억이 없었다. 노파가 편의점 봉투를 집어 던졌다.

이딴 거 먹고 어떻게 살아. 밥 줘.

노파는 내가 집에 돌아온 이후로 가구라도 된 것처럼 입을 다물었다. 나는 바닥에 떨어진 것들을 한곳에 쓸어 모았다. 물건이 너저분하게 어질러져 있는 건 질색이다. 노파에게서 체취가 심하게 풍겼다. 젊은 사람의 몸에서 풍기는 체취는 좋지만 노인의 체취는 역겹다. 노파를 씻기고 싶은데, 노파는 고양이처럼 물을 싫어했다. 나는 노파를 번쩍 들어서 욕실로 옮겼다.

나도 죽일 거니?

내가 왜요?

매달 나오는 지원금을 생각하면 절대 죽지 못하게 노파의 눈에 테이프라도 붙이고 싶었다.

목욕 싫어. 안 해.

노파는 욕실에서 나가려고 발버둥을 쳤다. 나는 노파의 옷을 벗기려다 포기하고 샤워기를 집어 들어 노파의 몸에 물을 뿌렸다. 차가운 물벼락을 맞은 노파는 몸을 부르르 떨었다. 노파는 계속해서 내 손아귀에서 벗어나려고 했다. 노파의 머리와 옷에 샴푸를 뿌리고 마구 문질렀다. 노파가 악다구니를 썼다.

악마 같은 놈. 이거 못 봐? 놓으라고.

노파는 온갖 저주의 말을 퍼부었다.

그날 네놈이 수의 자전거에 손대는 거 내 눈으로 똑똑히 봤어. 내 눈이 먼 거 같지? 아니야. 다 보여. 내 눈은 멀쩡해. 네놈이 밤마다 도둑고양이처럼 창고에 들락거리는 거 내가 모를 줄 알아? 다 알아. 다 보고 있다고.

갑자기 샤워기에서 물이 나오지 않았다. 세면대도 마찬가지였다. 벽시계가 1시를 가리키고 있었다. 단수가 시작된 것이다. 미처 씻어내지 못한 비누 거품이 노파의 하반신에 그대로 있었다. 노파는 눈이 따갑다고 울었다. 나는 아이 달래듯 노파를 달랬다.

뭐 드시고 싶은 거 있어요?

순댓국이 먹고 싶어.

노파는 한결 누그러진 목소리로 말했다.

나는 나가서 순댓국을 포장해 왔다. 노파는 수면제를 넣은 순댓국 한 그릇을 싹 비우고 잠이 들었다. 나는 노파의 눈꺼풀을 까뒤집고 눈동자를 바늘로 살짝 찔렀다. 다음 날, 노파는 눈이 아파서 죽겠다고 했다. 나는 병원에서 처방받은 안약을 사다 주었다. 노파는 안약을 수시로 넣었다. 그렇게 자꾸 넣으면 스테로이드 성분의 부작용으로 실명할 수 있다고 했는데도 노파는 내 말을 듣지 않았다. 나는 안약 옆에 안약과 비슷하게 생긴 순간접착제를 두었다. 노파가 접착제를 안약으로 착각하고 눈에 넣는 사고가 생겼다. 사람은 눈 하나로도 얼마든지 살 수 있었다. 나는 집게손가락을 들어 노파의 입술에 가져다 대고 쉿, 이라고 속삭였다. 노파는 말을 하지 않았다. 눈이 아니라 혀를 잃은 것 같았다. 대신 틈만 나면 밖으로 나가려고 했다. 갈 곳도 없으면서.

아무도 찾아오는 사람이 없었다. 나는 신문지로 뽀드득 소리가 나게 창문을 닦았다. 밖이 내다보이는 창문 앞에 의자를 가져다 놓고 앉아서 포털을 검색했다. 신문 사회면을 먼저 확인했다. 조현병 환자인 90대 노인이 노인정에서 칼을 휘둘러 노인 일곱 명을 살해한 사건은 기사가 사라지고 없었다. 어제까지 언론은 물론이고 전 국민의 공분을 샀던 '노인정 칼부림' 사건은 오늘 새벽에 터진 새로운 사건에 의해 완전히 묻혔다. 청과물 시장에서 머리가 없는 여자 변사체가 발견된 것이다. 경찰은 변사체의 신원을 확인하는 데 총력을 다하고 있다고 했다.

사람이 사람을 왜 죽이는지 알아?

형이 물었었다.

CCTV가 없으니까. 형은 왜 당연한 걸 물어.

새꺄, 사람이니까 죽이는 거야. 동물은 이유 없이 살생하지 않아. 오직 인간만이 동족을 죽여. 살인 충동은 인간 본성이거든.

집 안 공기가 후덥지근했다. 창문을 열었다. 메마른 바람 한 점 불어 들어오지 않았다. 자두나무 가지마다 탱자 열매 크기의 자두가 잔뜩 열렸다. 열매의 무게를 이기지 못하고 가지가 활처럼 휘었다. 열매를 솎아내지 않아 자두는 유난히 잘았다. 나는 팔을 뻗어서 자두를 한 알 땄다. 자두는 불그스름했고 과육은 단단했다. 나는 자두를 움켜쥐었다. 자두가 터지면서 과즙이 손가락 사이로 흘러내렸다. 잼을 만들려면 며칠 더 익게 둬야겠다.

익숙한 멜로디가 들렸을 때, 나는 핸드폰을 먼저 들여다보았다. 소통의 기능보다는 존재를 증명하는 기능으로 자주 사용되는 핸드폰이었다. 이 집에는 핸드폰 이외에 소음을 낼 만한 전자 기기가 없었다. 노파는 장롱 밑에 숨어 사는 돈벌레처럼 소리를 내지 않았다. 뒤늦게 멜로디가 초인종 소리라는 것을 알았다. 소리를 잊을 만큼 오랫동안 울리지 않았던 것이다. 마지막으로 초인종이 울린 것은 어머니가 요양을 떠나고 얼마 지나지 않았을 때였다. 그때는 인터폰을 달기 전이라 누가 왔는지 대문까지 나가야 알 수 있었다. 양복을 입고 서류 가방을 든 남자 둘이 서 있었다. 남자들은 보험 조사원이었다. 조사원은 아버지의 교통사고를 단순 사고로 보지 않았다. 입에 올리지는 않았지만 보험사기를 의심했다. 조사원은 사망보험금을 줄 수 없다고 말했다. 대신 지금까지 납입한 보험료만 받고 끝내면 이쯤에서 사건을 덮겠다고 했다. 조사원이 노파 앞에 합의안을 내놓았다. 소송으로 가려면 그렇게 하라고도 했다. 우리가 승소할 가능성은 전혀 없다고 하면서. 노파는 서류를 읽지도 않고 조

검은 저수지

사원이 가리키는 자리에 도장을 찍었다. 일이 이렇게 될 줄 알았다면 술에 취해 대문 앞에서 잠든 아버지를 힘들게 도로까지 끌어다 놓지는 않았을 것이다.

모니터에는 그때처럼 남자 두 명이 서 있었다. 젊은 남자와 나이 든 남자였다. 나는 문을 열어줄까 말까 고민했다. 남자들은 안에 사람이 있는 것을 아는 것처럼 계속해서 초인종을 눌렀다. 문을 열어주기 전에는 결코 멈추지 않을 태세였다.

박진 씨 되십니까?

젊은 남자가 물었다. 나는 그렇다고 대답했다. 젊은 남자는 신분증을 보여주면서 형사라고 소개했다.

경찰서라는데 왜 자꾸 전화를 끊어요?

경찰서에서 전화가 몇 번 왔는데 보이스 피싱인 줄 알고 끊은 일이 있었다. 요즘 같은 세상에 그런 말을 곧이곧대로 믿는 사람이 누가 있다고.

이미소 아시죠?

나는 고개를 흔들었다.

얼마 전까지 동거했잖아요. 이렇게 증거가 다 있는데 거짓말하면 곤란합니다.

젊은 형사가 내민 사진 속 남자는 내가 아니었다. 형이었다. 형사는 형과 여자가 실랑이하는 영상을 증거라고 보여주었다. 뭐라고 대화를 하던 형이 갑자기 여자를 벽에 밀쳤다. 여자가 손톱을 세워 덤벼들었다. 형은 잠깐 당황하는 듯했다. 여자가 형의 뺨을 할퀴었다. 형은 여자를 무자비하게 폭행했다. 여자가 나무토막처럼 뒤로 넘어갔다. 여자는 의식을 잃은 듯 몸이 축 늘어졌다. 형이 여자의 머리채를 잡고 끌고 가는 장면으로 영상은 끝났다. 범행 장소 근처에 세워져 있던 차의 블랙박스에서 어렵게 찾은 영상이라고 했다. 영상 속의 남자가 10년 전에 헤어진 쌍둥이 형이라는 내 말을 형사들은 믿지 않았다.

지문 검사하면 나오겠네.

나이 든 형사가 말했다.

나는 열 손가락의 지문이 몽땅 뭉그러지고 없었다. 가죽 공장에서 일할 때 독한 화학약품에 노출되었기 때문이었다.

박진 씨 말처럼 두 분이 똑 닮은 일란성 쌍둥이라면 누가 범죄를 저지른 건지 모르는 거 아닙니까? 박진 씨가 사실은 박수 씨고 범죄를 저지르고 나서 여기 숨어 있는 건지도 모르잖아요.

노파의 기억처럼 형의 자전거 브레이크를 망가뜨린 건 내가 맞다. 형은 브레이크가 망가진 자전거를 타고 나갔다가 덤프트럭과 부딪쳤다. 신호를 받은 덤프트럭이 사거리에 서 있었으니 망정이지 주행 중이었다면 즉사하고 말았을 것이다. 사람들은 다리를 좀 저는 게 죽는 것보다야 백번 낫다고 말했지만 나는 죽는 편이 더 낫다고 생각했다. 그 사고로 인해 사람들은 비로소 형과 나를 구분할 수 있었다. 다리를 저는 쪽이 형이고 다리를 안 저는 쪽이 나였다.

나는 멀쩡한 다리를 형사들에게 보여주었다. 형사들은 별 표정이 없었다.

다리를 저는 쪽이 박수 씨, 다리를 안 저는 쪽이 박진 씨라는 말씀이죠. 그런데 다리를 저는 사람이야 안 절 수 없겠지만, 안 저는 사람은 다리 저는 흉내를 낼 수 있지 않아요?

젊은 형사가 블랙박스 영상을 다시 켰다. 블랙박스 속 남자는 절뚝거렸는데, 다리를 저는 사람이 멀쩡하게 걸으려고 하는 것인지 다리를 안 저는 사람이 다리를 저는 것처럼 흉내 내는 것인지 구분하기 어려웠다.

언제까지 여기 있을 겁니까?

젊은 형사가 물었다.

글쎄요.

며칠 더 있을 거죠?

나이 든 형사가 물었다.

특별한 일 없으면요.

다시 들르죠. 거처 옮길 때 알려주시고요.

형사들은 차를 타고 떠났다.

노파가 자꾸 방에서 나오려고 해서 임시방편으로 장식장으로 방문을 막아놓고 나왔다. 자물쇠를 사다가 밖에서 잠가놓을 생각이었다. 철물점 문은 닫혀 있었다. 나는 편의점으로 방향을 틀었다. 자물쇠가 편의점에 있을 것 같지 않았다. 혹시나 해서 가보는 거였다.

모르셨어요? 철물점 문 닫은 지 좀 됐는데. 살인 사건이 있었잖아요.

알바는 은근히 신나는 모양이었다.

주인아줌마가 주인아저씨 목을 노끈으로 졸라서 죽였잖아요. 철물점 앞에 잔뜩 쌓아놓고 팔던 빨간색 노끈으로 목부터 얼굴까지 칭칭 다 감았대요. 사람을 미라로 만든 거죠.

알바가 물었다.

왜 죽인 거 같아요?

뻔한 거 아냐? 들켰으니까 죽였겠지.

뭘요? 뭘 들켰는데요?

근데 꼭 이유가 있어야 살인을 하나?

당연하죠. 이유 없이 죽이는 건 사이코패스잖아요.

집에 누가 와 있었다. 청소년 세 명이 거실에 앉아서 술을 마시고 있었다. 입술이 새빨간 여자애 하나,

운동부처럼 덩치가 좋은 남자애 둘이었다. 술병과 과자 봉지가 거실에 어지럽게 흩어져 있었다. 나는 집에 있을 때는 대문과 현관문을 닫아놓지만 외출할 때는 열어놓고 다녔다.

너희들 남의 집에서 뭣들 해?

아저씨 뭐예요?

나? 이 집 주인.

애들이 웅성거렸다. 그중에서 한 애가 나섰다.

웃기고 있네. 어디서 구라를 쳐요.

나는 방문을 열었다. 노파는 술에 취해 잠들어 있었다. 여자애가 말했다.

아저씨가 할머니 보호자라면 진짜 나쁜 사람이다. 할머니 안 돌보고 지금까지 어디서 뭐 했어요? 우리 아니었으면 할머니 벌써 굶어 죽었을걸요.

노파가 아직까지 숨이 붙어 있는 것은 면사무소의 복지과 직원과 자원봉사자들 덕분이었다. 나는 그 사람들이 더는 이 집에 발을 들이지 못하게 막았다.

아이들은 당당하게 거실을 차지하고 술을 마셨다. 나갈 생각은 없어 보였다. 나는 창가의 내 자리에 가서 앉았다. 자두나무는 그림자처럼 검었다. 아이들 중 하나가 맥주 캔을 내밀었다. 나는 맥주 캔을 받아들고 멍하니 있었다. 아이들은 여기가 자기 집인 것처럼 웃고, 소리치고, 마음껏 떠들어댔다. 아이들이라면을 끓였다. 라면은 나도 같이 먹었다. 아이들은 술병을 깨고 변기가 막히도록 똥을 싸고 싱크대에 토를 해놓고 주섬주섬 짐을 챙겼다. 이제 돌아가려는 모양이었다.

너희들 재밌는 거 볼래?

눈이 풀린 아이들이 뭔 소리냐고 물었다. 애들은 잔뜩 취해 있었다. 나는 아이들을 데리고 창고로 갔다. 아이들은 코를 싸쥐었고 무슨 냄새냐고 소리를 질렀다. 나는 장독 뚜껑을 열고 아이들에게 들여다보라고 했다. 거기에는 밀가루를 뒤집어쓴 여자가 기묘한 자세로 누워 있었다. 나는 장독 속을 들여다보는 아이들의 뒤통수를 차례차례 망치로 내려쳤다. 장독 하나에 한 아이씩. 아이가 한 명 남았다. 여자아이는 장독에 기대어 앉혀두었다.

산책을 하고 집에 왔는데 노파가 울고 있었다. 시계를 보니 점심시간이 지나 있었다. 순댓국은 아침에 다 먹고 없었다. 햇반과 컵라면을 방에 넣어주었다. 나는 입맛이 없어 오이를 깨물어 먹었다.

창문을 열어놓고 의자에 앉았다. 발그레하게 농익은 자두가 바닥에 떨어지는 소리가 규칙적으로 들려왔다. 마당이 온통 붉은 자두로 뒤덮일 날이 머지않았다. 자두는 수확기를 조금만 넘겨도 농익어서 다 떨어지고 저장도 쉽지 않아 먹는 것보다 버리는 게 더 많았다. 어머니는 자두를 잼으로 만들어 1년 내내 두고두고 먹었다. 나는 갑자기 자두잼이 만들고 싶어졌다.

편의점에는 설탕과 유리병은 있는데 레몬이 없었다. 레몬을 사려면 사거리에 있는 마트까지 나가야 했다.

저수지에서 난리 난 거 알아요?

설탕을 바코드로 찍다 말고 알바가 물었다.

왜, 시체라도 나왔대?

진짜 특이한 아저씨야.

나는 창문 밖을 봤다. 해가 쨍쨍했다. 비가 올 기미는 없었다.

물 때문에 농민들 사이에서 싸움이 크게 났대요.

알바가 나를 보고 실실 웃었다. 나는 여자를 따라 웃지 않았다. 알바가 말했다.

어떤 남자가 자꾸 따라와요.

나는 고개를 들어 알바를 쳐다보았다.

아는 남자?

글쎄요. 정확히는 못 봤어요. 야구 모자를 쓰고 있었어요. 아저씨랑 좀 닮은 것 같기도 하고.

누가? 야구 모자 쓴 남자가? 어디가?

분위기가요. 아저씨 아니에요?

글쎄.

나는 고개를 주억거렸다.

근데 아저씨, 혹시 저한테 관심 있으세요?

나는 단호하게 말했다.

아니.

알바는 목소리가 한 톤쯤 올라갔다. 말도 빨라졌
고.

혹시 오해할까 봐서 하는 말인데요, 지금 한 말 농
담이에요. 웃자고 한 농담.

알바는 괴상한 웃음소리를 냈다.

나랑 같이 살래?

알바는 당황해서 횡설수설했다.

지금 저한테 하는 말이에요? 진짜 웃긴다. 내가 왜
요? 저도 아저씨한테 관심 없어요. 진짜 웃겨.

그럼 말고.

나는 물건이 든 봉투를 들고 편의점에서 나왔다.

새벽에 한 여인이 집에 들어왔다. 나는 의자에 앉
아 깜박 졸다가 놀라서 깼다. 여자가 말했다.

정말 추운 날씨예요.

5월을 추운 날씨라고 하다니 뭔가 이상했다.

난 글쎄 그만 이 집이 폐가가 된 줄 알았지 뭐예
요. 그래서 노크도 없이 이렇게 들어왔어요. 미안해

요.

　여인의 입술은 검정 립스틱을 바른 듯이 새카맸다. 진짜 추운 듯 이를 달달 떨었다.

　요양원에 한 7년 있었어요. 7년 만의 외출이죠. 친정 언니가 오늘내일한대요. 그래서 고향에 다녀오려고 휴가를 받았어요. 고향 가는 버스를 타러 가다가 갑자기 여기가 생각났어요. 한번 와보고 싶더라고요. 예전에 이 집이 사위의 집이었지요. 사위는 왜소한 체격에 쌍꺼풀이 커다랗게 져서 서글서글해 보이는 잘생긴 청년이었죠. 혹시 여기 살던 우리 사위가 어디로 갔는지 알아요?

　나는 고개를 흔들었다.

　결혼식이 있기 한 달 전에 딸애, 사위, 그리고 나 이렇게 셋이서 고향에 같이 간 일이 있었어요. 일가친척들한테 인사를 드리려고요. 두 애 다 면허가 없어서 렌터카를 빌려서 내가 운전을 했어요. 고속도로에서 액셀을 밟으면 딸애가 엄마 달려라, 달려, 라며 소리를 질렀어요. 사위는 쉴 새 없이 웃었고요. 그 애들이 수선을 떠는 통에 사고가 날 뻔하기도 했어요.

　여인이 소리 내어 웃었다. 그런데 알바가 웃는 소리가 들렸다. 그때 꿈인 걸 알았다. 나는 여인을 가만히 들여다보았다. 어머니를 닮은 것도, 노파를 닮은 것도 같았다. 초인종 소리를 듣고 잠에서 깬 것 같은데 인터폰은 꺼져 있었다. 주위는 아직 어두컴컴했다. 거실보다 밖이 더 밝았다. 동이 트고 있었다. 노파가 밥을 달라고 방문을 똑똑 두드렸다. 아래가 축축했다. 나는 사춘기 소년처럼 몽정을 했다.

　냉장고에는 오이고추뿐이었다. 오이고추를 고추장에 찍어 먹었다. 시간을 들여 오래 샤워를 하고 집을 나섰다. 레몬을 사야 했다. 슈퍼까지의 거리는 버스로는 두 정거장, 택시를 타면 기본요금, 걸어서 가면 15분쯤 걸렸다. 나는 걸어서 가기로 했다. 슈퍼 가는 길에 편의점이 있었다. 걸어가면서 편의점 안을 들여다봤다. 새로 온 알바가 계산대에 서 있었다. 단발머리에 피어싱을 한 여자였다.

　끓는 물에 유리병을 소독한 뒤 잘 마르도록 창가에 엎어뒀다. 비누로 손가락 사이사이를 꼼꼼히 씻었다. 깨끗하게 씻어서 체에 담아놓은 자두는 물이 다 빠졌다. 자두를 커다란 믹싱 볼에 부었다. 나는 소매를 단단히 걷어붙였다. 농익은 자두는 힘을 조금만 줘도 과육이 으스러져 씨와 분리되었다.
　초인종이 울렸다. 인터폰 모니터에 새로 온 알바가 서 있는 것이 보였다. 나는 몸을 돌려 현관 입구에 세워놓은 전신 거울에 몸을 비춰 보았다. 땀이 번

들거리는 이마, 떡 진 머리카락. 눈 밑은 시퍼렇게 다크서클이 올라왔고, 아침에 갈아입은 옷에서는 벌써 쉰내가 났다. 나는 인터폰에 대고 잠시만 기다리라고 말한 뒤 세수를 하고 깨끗한 옷으로 갈아입고 밖으로 나왔다. 하늘색 철제 대문 사이로 새로 온 알바의 몸이 여러 조각으로 분할되어 보였다.

누구세요?

나는 태연히 물었다.

아저씨 저예요. 편의점 알바요. 아까 아저씨가 잼 만들러 오라고 하셨잖아요.

알바가 철제 대문을 톡톡 쳤다. 골목을 지나가던 사람들이 이쪽을 힐끔힐끔 쳐다보았다. 건너편 다가구주택에 사는 늙은 여자는 이불을 털다 말고 우리를 내려다보았다. 작은 동네였다. 다들 아는 얼굴이었지만 진짜 아는 사람은 아니었다. 해가 뜨거웠다. 비가 올 낌새 같은 건 없었다. 나는 손을 들어 해를 가렸다. 피부가 타는 건 딱 질색이다. 나는 알바가 들어올 수 있게 대문을 가로막고 있던 몸을 살짝 옆으로 비켜주었다.

바닥이 두꺼운 냄비를 가스 불에 올리고 으깬 자두를 부었다. 알바는 나무 주걱으로 냄비 밑바닥이 타지 않게 계속해서 저었다.

저수지 바닥이 보이기 시작했대요.

저수지가 마르면 내가 던져 넣은 슬리퍼 한 짝을 찾을 수 있을 것이다. 진실은 물속에서 자란다.

집에 돌아가면 친구한테 편지를 쓰려고요. 귀신이 나온다고 소문난 폐가는 사실 폐가가 아니라고. 사람이 살고 있었다고. 마당에 감나무만큼 큰 자두나무가 있는데, 오늘 그 자두나무에서 수확한 자두로 잼을 만들었다고요.

눈앞의 여자는 새로 온 알바가 맞았다. 원래 알바는 긴 머리였다. 혹시 미용실을 다녀온 건 아닐까?

넌 누구니?

오빠도 참 싱겁긴. 나 미소잖아.

나무 주걱을 든 미소가 잼을 휘저었다. 세상엔 미소가 너무 많고, 나는 그 여자들을 다 기억할 수 없었다. 그때 열탕 소독을 해서 말려놓은 유리병에 햇빛이 부딪치면서 반짝 빛났다. 유리용기를 집어 들어 알바의 뒤통수를 내리쳤다. 알바는 냄비를 안고 고꾸라졌다. 머리에서 흐른 피와 뜨겁고 되직한 자두즙이 뒤섞여 마룻바닥에 스며들었다. 잘 익은 김치에서 풍길 법한 톡 쏘는 새콤한 냄새가 코를 찔렀다. 입 안 가득 침이 고였다. 나는 침을 꿀꺽 삼켰다.

완성된 잼을 유리병에 담아 거실 한쪽 선반 위에 나란히 세워놓았다. 내가 죽인 미소들을 전부 이렇게 전시해둔다면 멋질 텐데. 구덩이를 파서 땅에 묻는 건 보통 힘든 일이 아니다. 저수지에 빠뜨리는 편이 여러모로 수월하고 발견될 확률도 적다. 어서 비가 와서 저수지에 물이 가득 차야 할 텐데. 집에 시체를 쌓아두니까 일거리가 너무 많다. 몸이 나른했다. 나는 거실에 벌러덩 드러누웠다. 만족감으로 몸이 부드럽게 풀렸다. 눈을 감았다.

형이 말했다. 엄마까지 죽일 필요는 없었잖아. 나는 바로 받아쳤다. 형도 그렇게 할 생각이었잖아. 나는 등 뒤에 숨기고 있던 주운 돌로 형의 머리를 내리쳤다. 힘 조절을 잘못하는 바람에 피가 내 얼굴에 다 튀었다. 내가 후회하는 일이 있다면 양수 속에 있을 때 형의 목을 탯줄로 감지 못한 것이었다. 형도 나와 같은 생각일 테지. 나는 쓰러져 있는 형의 머리를 한 번 더 내리쳤다. 사람은 아주 쉽게 죽는다. 나는 사람들의 그런 나약함이 좋았다.

초인종이 울렸다. 나는 짝이 안 맞는 슬리퍼를 질질 끌며 밖으로 나갔다. 물컹, 발에 자두가 밟혔다. 남김없이 전부 땄는데…… 이 자두는 어디서 온 것일까? 자두나무를 올려다보았다. 가지에는 겹겹이 매달린 나뭇잎뿐이었다. 철커덩철커덩, 철문을 흔드는 소리가 요란했다. 나는 고개를 들어 대문 밖을 내

다보았다. 내가 잃어버린 슬리퍼 한 짝을 든 사람이
서 있었다.

검은 저수지

작가의 말 ————— ● ◀ (●

첫 소설집을 수줍게 내놓는다. 십여 년 동안 써온 글들을 수정하며 자주 상념에 잠긴다. 글에서 나는 젊은 시절의 나를 발견한다. 어설프고 부족하지만, 열정만은 충만하다. 소설도 사람처럼 나이를 먹는지 그때는 곧잘 썼다고 생각했는데, 책으로 엮으려니 부끄럽다.

이십여 편의 소설 중 시대상을 반영한 작품 위주로 골라 소설집으로 묶었다. 차가운 도시를 살아가는 현대인의 고독과 소통 부재를 다룬 8편의 단편소설이다. 소설 속 인물들은 꿈을 이루려 발버둥 치고, 신념을 지키려 안간힘 쓴다. 도시살이에 상처받고 자신만의 '방'에 숨어들기도 한다. 산다는 것은 그 자체로 수련이며 눈물겨운 사투다. 많은 사람이 얽히고설켜 살아가는 도시의 냉엄한 현실을 리드미컬하게 그리고 싶었는데, 현실의 도시가 소설보다 더 냉엄해져서 걱정이다.

첫 단편소설의 첫 문장을 쓰던 날이 생각난다. 늦은 밤이었다. 유난히 외로웠고 많이 울었으며 또 새로운 꿈을 품었던 날이기도 했다. 끝내 완성하지 못한 그 소설의 첫 문장은 '눈발이 날리고 있었다'였다. 이 문장이 다음에 쓸 소설의 첫 문장이 되면 좋겠다. 새로운 시작이다.

2023년 겨울
서경희

문학정원 서경희 작가의 소설들

하리 | 16,000원

삶은 어떻게 불행 한가운데서도
빛을 잃지 않을 수 있는가?

옐로우시티 | 10,000원

첫사랑을 찾아 떠나는
가장 아름다운 여정

복도식 아파트 | 15,000원

대한민국 부동산의 흥망성쇠를
온몸으로 받아낸 은영의 부동산 투쟁

꽃들의 대화 | 16,000원

향긋한 꽃 요리와 함께 만개하는
아름다운 한 시절

수박 맛 좋아 | 14,000원

부실시공된 아파트에 사는 '하우스 마루타'
청년들의 생존기

밤의 독백

ⓒ 서경희 2023

초판 1쇄 발행　　2023년 12월 1일

지은이　　　　서경희
펴낸이　　　　서경희
펴낸곳　　　　문학정원

출판등록　　　제2021-000346호
전화　　　　　070-8065-4766
팩스　　　　　070-8015-6863
전자우편　　　hiheehoo@naver.com
주소　　　　　서울시 마포구 성지길 25-11 지층 707호 (합정동)

ISBN　　　　979-11-981024-1-6 (03810)
값　　　　　　16,800원

* 이 도서는 한국출판문화산업진흥원의 '2023년 중소출판사 출판콘텐츠 창작 지원
　사업'의 일환으로 국민체육진흥기금을 지원받아 제작되었습니다.
* 이 책 내용의 전부 또는 일부를 재사용하려면
　반드시 문학정원의 동의를 받아야 합니다.
* 잘못된 책은 구입하신 서점에서 교환해드립니다.